バッドエンド目前の
ヒロインに
転生した私、
今世では恋愛
するつもりが
チートな兄が
離してくれません!?
BAD END Mokuzen no HEROINE ni
Tensei shita Watashi,
Konse dewa RENAI suru tsumori ga
CHEAT na Ani ga Hanashite Kuremasen!?
著 琴子
ill. くまのみ鮭
5
JN087112
TOブックス

イラスト／くまのみ鮭　デザイン／伸童舎

contents

ユリウス・ウェインライト

伯爵令息。超絶ハイスペックで掴みどころのないレーネの兄。仲が悪かったはずが、レーネの転生をきっかけに何故か彼女を溺愛してくるようになった。

レーネ・ウェインライト

本作の主人公。バッドエンド目前の弱気な伯爵令嬢ヒロインに転生した。前世では楽しめなかった学生生活や恋愛を満喫するため、奮闘中。持ち前の前向きさで、Ｆランクを脱出した。

セオドア・リンドグレーン

とにかく寡黙な第三王子。レーネがめげずに続けた挨拶と吉田のおかげで、少しずつ友情が芽生えている。

マクシミリアン・スタイナー

騎士団長の息子の子爵令息。少し態度と口は悪いが、いつもレーネを助けてくれる良い人。吉田と呼ばれている。

紹　介

人物

characters

ラインハルト・ノークス

超美形の同級生。いじめられているところを助けてくれたレーネに対し、重い恋心を抱いている。

アーノルド・エッカート

ユリウスの友人。天然の人たらしで距離感バグ。レーネの相談によく乗ってくれる。

テレーゼ・リドル

侯爵令嬢。レーネの初めての友人。非常に優しく、レーネに魔法や勉強を教えてくれている。

ヴィリー・マクラウド

男爵令息。レーネの良きクラスメイト。魔法だけなら学年トップクラスの実力を持つ、やんちゃ系男子。

第十章 姉と弟編

ドキドキ新学期

私がマイラブリン――未だに正式タイトルが謎の乙女ゲームのヒロイン・レーネに転生して、もうすぐ一年が経つ。

この世界で二度目の春を迎えた私は胸を高鳴らせながら、ユリウスと共にハートフル学園の敷地内へ足を踏み入れた。

「もう暖かいね。私、春が一番好きなんだ。暖かさもちょうどいいし、虫もあんまりいないし」

「リアルな理由だね」

当たり前のように私の手を握って歩くユリウスは「俺は冬が一番好きかな」と呟く。

「どうして？　ユリウスは寒いのが苦手なのに」

「前までは嫌いだったけど、寒いのを理由にすればレーネは俺がくっついても許してくれるから」

「…………」

爽やかな笑顔でそんなことを堂々と言ってのけるユリウスは、本当にずるいと思う。

そしてあざとい心のうちを聞いてなお、私が次の冬も同じように許してしまうのも、容易に想像がついた。

流石クソゲー、世界観が適当なお蔭で敷地内では美しい桜が満開を迎えており、新学期という感じがする。

「わあ、見て！　新入生がたくさん！」

「本当だ」

学年ごとに制服の違いはないものの、なんとなく新入生と上級生の違いはパッと見で分かった。緊張した面持ちがかわいいなあと、思わず頬が緩む。一方のユリウスは全く興味がなさそうだ。

新入生から見れば、こんな私も先輩らしく見えているのだろうか。そう思うと、つい背筋が伸びてしまう。

ちょっと大人っぽさを演出しようと、無駄に髪をふわっと手で後ろに流したりしてみる。

すると私の魂胆が丸分かりだったのか、ユリウスに「あはは、いいね。先輩っぽいよ」と笑われてしまった。恥ずかしい。

「ねえねえ、あの先輩すっごく格好良くない？」

「うわ、本当だ。三年生かなあ」

「しかもSランクとか、完璧じゃん」

そんな中、すれ違う新入生らしき女の子達はユリウスを見ては頬を赤く染め、ひそひそと話をしている。

私も初めてユリウスを見た時の感動は今でも忘れられないし、気持ちはよく分かる。こんなにも綺麗な人間が存在するのかと、驚き見惚れてしまった。

しかも今はあの頃よりもさらに背は伸び、色気なんかも増した気がする。

きっとこれからもユリウスは多くの女性を魅了していくのだろうと思うと、胸のあたりがちくりとした。

「レーネ？　どうかした？」

繋がれていた手をついぎゅっと握れば、ユリウスは不思議そうに私の顔を覗き込む。

――ずっと私を好きでいると言ってくれているユリウスの言葉を、疑っているわけではない。

それでも、その言葉に甘えて慢心してはならない。人の気持ちに「絶対」などないのだから。

やはり必ずや次の試験でCランクになって、ユリウスに告白しなければ。

改めて気合を入れると、私は何でもないよと笑顔を向けた。

「きゃあ、今こっち見たわよね？」

「見た見た！　すっごい美形！」

玄関に着くとまたもや騒がしい一角があり、なんだろうと何気なく視線を向ける。

すると一人の男子生徒の鮮やかな桜色の髪が、視界に飛び込んできた。

「うわあ……」

彼の珍しい髪色よりも、信じられないくらい整った美しい顔立ちに感嘆の声が漏れる。

普段から超絶美形に囲まれている私でも、思わず見惚れてしまうほどの美少年だった。

これほど目立つ容姿であれば一度見たら忘れないだろうし、きっと彼も新入生なのだろう。

去年の私なら、あのレベルの美形を見れば攻略対象かもしれないと戸惑っていたに違いない。

けれど既にアンナさんから情報を得ている私は、落ち着き払っていた。

彼は間違いなくゲームや私とは無関係の、ただの顔が良い一般人だろう。野良イケメンだ。

「――えっ？」

そうして勝手に安心していると不意に、彼の桃色の瞳と視線が絡む。私達の間には結構な距離があるのに、何故か彼は私を見ているような気がした。

美少年は私から目を逸らさないまま、ふわりと微笑んでみせる。

その瞬間、彼の周りにいた女子生徒達から、きゃあと一際大きな叫び声が上がった。

もちろんあんな美形の知り合いはいないし、流石に私の勘違いだろう。そう思うのと同時に首と腰に腕を回され、後ろから抱き寄せられた。

「新学期早々、まーた違う男に目をつけたんだ？」

「完全な誤解です」

「あんな子供より俺の方がいいよ、絶対」

ユリウスに耳元で低い声で囁（ささや）かれ、冷や汗と心臓のどきどきが止まらなくなる。

好きだと自覚してからは、以前よりも胸が高鳴るようになってしまって困っていた。

誤解といえど私は「大変申し訳ありませんでした」と全力謝罪をし、ユリウスの腕の中からさっと抜け出す。

在校生の間ではシスコンブラコン兄妹として認知されつつあるものの、新入生が大勢いる玄関でこんな風に触れ合うのは恥ずかしい。

不機嫌な顔をしたユリウスにそう説明すれば「見せつけてるんだけど」という訳の分からない返事をされた。

「二年生は二階ホールに行くんだよ」

「はっ、そうだった！　ありがとう！」

うっかり以前と同じ教室に向かいそうになり、ユリウスの声でハッと我に返る。毎年、二階ホールでクラス分けがされるらしい。

この先の二年間——卒業まで過ごすクラスが既に決定しているのだと思うと、緊張してくる。

仲の良い友人達と一緒だといいなと祈りながら、ユリウスと別れ、二階ホールへと向かった。

二階ホールは新入生と新二年生で溢（あふ）れていて、あちこちから喜びではしゃぐ声や、友人とクラスが離れてしまったのか残念そうな声が聞こえてくる。

「うわ、俺4組だったわ」

「僕は3組だったよ」

どうやら一定間隔に置かれている水晶の魔道具で、クラス分けをしているらしかった。

私もどきどきしながら、空いていた水晶の前に立ってみる。

するとここで水晶の使い方がさっぱり分からないという、大問題が発生してしまった。私達二年生はみんな入学時に経験済みだから、今更説明などはないのだろう。

ちなみに私がレーネに転生したのは、一年前の五月という半端な時期だった。

「こ、こう？　うーん……」

周りの真似をして手をかざしてみたものの、一切反応はない。ユリウスに色々と聞いておけばよかったと思いながら、色々な角度から念じたりと試行錯誤してみる。

「……なぜ朝から間抜けな顔と動きをしているんだ」

「あっ吉田！　おはよう！」

そんな中、困り果てている私の元へ現れたのは、大親友の吉田だった。

助かったと、安堵（あんど）の溜め息が漏れる。

「実はこの魔道具の使い方、よく分からなくて……」

「一年前に説明を受けて使っただろう。……ああ、そういやお前は記憶喪失だったな」

「そうそう、そんな感じでして」

納得した様子で頷（うなず）くと、吉田は水晶の上に手を翳（かざ）しながら魔力を込めればいいと教えてくれた。

「あれ、反応しない……もしかして私、死んでる？」

けれど言われた通りにやってみても、水晶はしんと無反応のまま。自動ドアの前に立って挙動不審な動きをしてみても、一切開かない時の虚しさを思い出す。

「もっとこの辺りで、しっかり覆うように翳してみろ」

「なるほど、ありがとう！」

吉田は私の手を掴み、誘導してくれる。

そのままもう一度魔力を込めれば、水晶にはふわふわと「1」という数字が浮かび上がった。

「わっ、つまり私は1組ってことだよね？」

「ああ」

「お、おお……！」

友人たちのクラスが分からない以上、嬉しさも悲しさもなく反応に困っていると、不意に「あの先輩達、カップルかな？」なんて声がすぐ側から聞こえてくる。

どうやら吉田に手を掴まれたままの私を見て、新入生達はそう思ったらしい。

確かに二年生が使い方を知らないなんて思わないだろうし、今の状況は手を繋いで結果を見ているバカップルに見えてしまうのかもしれない。

「吉田、私達ってカップルに見えるみたい」

「最悪な新年度の始まりだな」

「どうしよう……急いで追いかけて肯定してくるね！」

「名誉毀損（めいよきそん）で訴えるぞ」

吉田は大きな溜め息を吐くと私から手を離し、諦めた顔のまま自身も水晶に手を翳す。

私はドキドキしながらその様子を至近距離で見守っていたけれど、やがて口からは大きな声が漏れた。

「あああああ！　ああああああ！」

「うるさい」

水晶から離れた吉田は「邪魔になるからさっさと行くぞ」と言い、歩き出す。その口ぶりから、改めて私達が向かう先が同じだと実感する。

「吉田と同じクラス、すっごく嬉しい！　よろしくね」

「……ああ」

吉田と同じクラスになれたことにはしゃぎながら、私は軽い足取りで二年生の階へと向かった。

「いやあ、すげえよ。本当にびっくりしたな」

昼休みに上位ランク専用の食堂で昼食をとりながら、ヴィリーの言葉に何度も頷く。

「まさか、こんなことがあるなんてね。驚いたわ」

「学園側は正気なのか？」

「でも、嬉しいよね。残りの二年間も楽しみだ」

「………………」

そう、なんと吉田と2年1組の教室に入ったところ、そこにはテレーゼ、ヴィリー、王子、ラインハルトの姿があったのだ。

まさかいつもの仲良しメンバー全員と同じクラスになれるとは思わず、驚いてしまった。

とは言え、これ以上に嬉しいことはなく、授業の合間の休憩時間も早速六人で集まってはお喋りをしていた。

ユッテちゃんや他の仲の良かった子達は隣のクラスで残念だったけれど、お昼を一緒に食べたり遊びに行ったりする約束をしている。

「レーネちゃんと同じクラスになれるように、毎日神殿に通って祈った甲斐があったよ」

「げほ、ごほっ……ええっ⁉」

ラインハルトの言葉に、お茶を噴き出してしまう。

まさかユッテちゃん以外に、異世界版御百度参りをする人がいるとは思わなかった。もちろん、その気持ちは嬉しい。

そして何やら効果がありそうで、私も今度お願いごとができた時にはやってみることにした。

「体育祭もこのメンバーなら優勝できそうだよな」

「はっ、確かに。問題は得意な種目に出られるかだけど……って私以外はみんな、何に出ても問題なさそうだよね」

友人達は何でも簡単にこなせてしまう、超絶ハイスペック集団だったことを思い出す。

去年の私は未経験の障害馬術と剣術という恐ろしい組み合わせで、アーノルドさんと吉田に弟子入りして天国と地獄を見た記憶がある。

「でも、まずはランク試験を頑張らないと」

「なあレーネ、今日から毎日残って勉強しようぜ」

「えっ……」

ヴィリーの口からとんでもない言葉が飛び出し、私の手からはカランと音を立ててフォークが床に落ちた。

私だけでなくこの場にいた全員が驚いたらしく、先程まで楽しくお喋りをして盛り上がっていたテーブルが、一瞬にしてしんと静まり返ってしまう。

ヴィリー本人だけは「ん？」と首を傾げている。

「だ、誰……？」

「は？」

「私の知るヴィリーは絶対にそんなことは言わないので、ヴィリーの身体を返してください」

「怖いこと言うなよ」

勉強が大嫌いで十分座っているだけで落ち着かない、叫び出したくなる、といつも話すヴィリーとは思えない発言に恐怖を抱いてしまう。新手の乗っ取りだろうか。

「俺だって勉強なんてしたくねえんだけど、騎士団って強えだけじゃダメで筆記試験もあるって知ったんだ。ついでに在学中のランクまで見られるらしくてさ、このままじゃやべえってなって」

「確かにヴィリーの筆記、学年最下位レベルだもんね」

「それで、俺一人じゃ机に向かってられないし。お前と吉田と頑張ろうと思ったんだ」

「え、えらいよ！　三人で一緒に頑張っていこう」

「なぜ当たり前のように俺もカウントしているんだ」

ランクというのは積み重ねが大事で、どんなに好成績をとってもいきなりFランクがSランクになることはないと言われている。

流石のヴィリーも危機感を覚えたようで、一緒に頑張ろうと約束した。

他のみんなも高ランクではあるものの、予定が合う日は一緒に勉強すると言ってくれて心強い。

早速今日の放課後、残れるメンバーで勉強する約束をした。

「私、新しいフォークとってくるね」

そしてフォークを落としてしまったことを思い出し、まだ食事の途中だったため席を立つ。

「……あ」

そうして新たなものを取りに行った先にいたのは、今朝玄関で目があったピンク髪の超絶美少年だった。

その胸元では、金色のブローチが輝いている。これまたハイスペイケメンだと思いながらじっとブローチを見つめていると、不意に美少年が口を開いた。

「フォークですか？」

「あ、そうです」

そう返事をすれば、笑顔でフォークを手渡される。

「どうもありがとう」

「いいえ、どういたしまして」

受け取ってから、なぜここには色々な食器やカトラリーがある中で、私がフォークを欲しているのが分かったのだろうと疑問を抱いた。

「…………」

それにしても近くで見れば見るほど、彼の瞳はいつも鏡で見る自分の瞳の色とそっくりだ。

そのせいか、妙に親近感を抱いてしまう。

「…………」

「先輩？　どうかしました？」

至近距離で顔を覗き込まれ、はっとする。

いきなりじろじろ顔を見られるなんて、不愉快だっただろう。

「ごめんなさい、瞳の色が私とすごく似てるなって」

「——はっ」

すると美少年は一瞬、呆れたような笑い方をしたけれど、やがて眩(まぶ)しい笑みを浮かべた。

「名前、なんていうんですか？」

「レーネです。レーネ・ウェインライト」

「レーネ先輩か。よろしくお願いしますね」

それだけ言い、美少年は去っていく。「レーネ先輩」という響きには正直、胸が弾んだ。

彼の耳元ではたくさんのピアスが光っており、少しやんちゃ系なのかもしれない、なんて感想を抱く。何より恐ろしくモテそうだ。

「……あ、名前聞くの忘れてた」

小さくなっていく彼の背中を見つめていると、胸の奥がぎゅっと締め付けられる感覚がする。

一体何故だろうと不思議に思いながら、私は友人達が待つテーブルへと急ぎ戻った。

「――そうそう、合ってるわ」

「なるほど！　ありがとう、テレーゼ」

放課後、私は早速吉田とヴィリー、テレーゼと共に新しい教室に残り机を四つくっつけて、勉強会をしていた。

みんな同じクラスになったことで図書室に行かずとも良くなり、とても便利だ。

放課後まで勉強する必要がないテレーゼや文句を言っていた吉田もなんだかんだ残ってくれて、勉強を教えてくれている。二人には本当に感謝してもしきれない。

「そろそろ休憩しない？　私、飲み物買ってくるね」

「俺も手伝うか？」

「ううん、大丈夫！　ありがとう、ヴィリー」

これからたくさん恩返しをしていきたいと思いつつ、ひとまずみんなの分の飲み物を買ってこようと、財布を片手に教室を出る。

人気（ひとけ）のない廊下を歩きながら窓ガラス越しに中央広場にある時計へ目を向けると、既に午後四時を回っていた。

遅くなるかもしれないからと、ユリウスには先に帰るようお願いしてある。

最初は難色（なんしょく）を示していたものの、吉田が一緒だと知った後は「気をつけてね」と言ってくれた。

吉田への信頼が厚すぎる。

「あれ、レーネ先輩だ」

カフェテリアの少し手前で声をかけられ、振り返った先には、昼休みぶりのピンク髪の美少年の姿があった。

今日一日で彼を見かけるのは三回目で、ものすごい遭遇率だと内心驚く。

かわいい後輩に慕われる先輩、というポジションにも昔から憧れていたため、こうして声をかけてもらえるのは嬉しい。

友人すらいなかった前世の私は、後輩の知人なんて一人もいなかった。

けれど、これほどのキラキラ美少年がなぜ私に関わろうとしてくれるのか、不思議で仕方ない。

ハイスペ美少年は足を止めた私の側へやって来ると、こてんと首を傾げた。

「こんな時間まで何をしていたんですか？」

「その、勉強をしておりまして……」

美少年の胸元で輝くSランクブローチが眩しくて、己のDランクブローチを隠したくなる。

案の定、彼は私のブローチへ視線を向けると「なるほど」と呟いた。

早速先輩としての矜持を失いつつあり、心の中で涙を流す。

「そういえば名前、なんていうの？」

すると彼は私と同じ桃色の目を見開き、やがて自嘲するような笑みを浮かべた。

「本当に分かんないんだ？　俺は一目で分かったのに」

うやく気付く。

「えっ？」

呆れや怒りを含んだ眼差しを向けられ、私が彼を知っているような口ぶりに困惑してしまう。

もしかすると気さくに私に声をかけてくるのは、元々のレーネの知り合いだからなのでは、とよ

うやく気付く。

だからこそ、私が忘れてしまっていることに対して、彼は怒っているのかもしれない。

ここは正直に言うしかないと、再び口を開く。

「すみません私、記憶喪失でして……去年の五月より前の記憶がないんです」

「は？」

そう告げた途端、きつく腕を掴まれたかと思うと、視界がぶれた。

背中に痛みを感じ、思わず目を閉じる。

「……ふざけんなよ」

壁に押し付けられたらしく、背中越しに冷たくて硬い感触がする。

恐る恐る目を開ければ、すぐ目の前に整いすぎた顔があって息を呑む。

苛立ち(いらだ)を隠しきれておらず、そこにはもう先程までの可愛らしい後輩の姿はない。

「何だよそれ、お前は綺麗さっぱり全部忘れたって？　ははっ、俺だけバカみてえじゃん」

「……ご、ごめんなさい」

私のせいではないけれど、申し訳なさで胸が痛んだ。

これほど怒るくらいなのだから、彼にとってレーネが大きな存在だったことが窺える。

「どうしたら思い出すんだ？　なあ？」

「痛……っ」

掴まれていた腕を壁に押し付けられ、より彼の手に力がこもった。

抵抗しても、びくともしない。

この状況は非常に良くないと思いながらも、レーネにとっての彼は——彼にとってのレーネはどんな存在なのか気になってしまう。

そんな私の心のうちを見透かしたように笑うと、彼は再び口を開いた。


「——俺はルカーシュ・アストン。お前の弟だよ」


そして告げられた事実に、頭の中が真っ白になった。

本当に待ってほしい。言葉の意味は分かっていても、頭ではさっぱり理解できない。

おとうと、弟……と単語を脳内で繰り返しているうちに以前、レーネの母からレーネへあてた手紙の中に、弟の存在について書かれていたことを思い出す。

ランク試験や狩猟大会などで慌ただしく過ごしているうちに、すっかり頭から抜け落ちていた。

「えっ……ええ……」

これまで弟と会うどころか連絡すらなかったし、彼やレーネの実の父と交流があった形跡もなかったのだ。

てっきりお互いに会えないような事情があり、会うことはないと思っていたため、驚きや動揺を隠せない。

「でも、本当に記憶がないんだね。俺が知る姉さんなら、こんな状況なら泣いてただろうし」

何より分からないことが多すぎる、というより分からないことしかない。ひとまずルカーシュの様子を窺いながら、色々と聞いてみることにする。

「どうして初対面のふりをしてたの？」

「姉さんの出方を窺いたかったからだよ。何せ十年ぶりの再会だからね」

「じ、じゅうねん……!?」

つまりレーネが七歳、ルカーシュが六歳の時以来ということになる。

私は未だにウェインライト伯爵家の闇について詳しくないものの、レーネが母親と共に伯爵家へやってきたのもその頃だったのだろう。

そもそも私に記憶があったところで子供の頃以来、十年ぶりに会った相手が分かるとは思えなかった。だからこそ一目で姉だと分かったルカーシュに、私は妙に胸を打たれていた。

こういうのを姉弟の絆というのかもしれない。

「とりあえず、ちょっと離れない？」

弟相手とは言え、いつまでも壁ドン状態というのは落ち着かなかった。ずっと鼻先が触れ合いそうな距離にキラキラ美少年の顔があっては、呼吸すらしにくい。

「ああ、ごめんね。姉さんに忘れられていたのが悲しくて、つい熱くなっちゃって……」

ルカーシュは壁に押し付けていた私の手を、胸の前で大切そうに両手で握りしめた。

思い返せば、レーネ母からの手紙にも「レーネお姉ちゃんに会いたいと言っている」と綴られていた記憶がある。それなのに他人扱いされては、傷付くのも腹が立つのも当然だ。

そしてルカーシュが求めている「姉」ではないことに、少しの罪悪感を覚えてしまった。

「痛かった？」

「い、いえ……大丈夫です……」

上目遣いで見つめられ、あまりの眩しさに目が潰れそうになる。

レーネもかなりの美少女なのだから、弟だって美少年なのも納得がいく。

この美形姉弟が仲良く手を繋いで見つめ合う姿を、第三者視点で見たいと思ってしまった。

「俺、ずっと寂しかったんだ。姉さんに会えなくて」

「どうして私達、会えなかったの？」

「……それはまた今度、ゆっくり話すよ」

そう呟いたルカーシュの瞳が、悲しげに細められる。

一番気になっていたことではあるけれど、やはり事情があって話せば長くなるのかもしれない。

そもそも私もヴィリー達と勉強会をしていたことを思い出し、はっと我に返った。一体どこまで飲み物を買いに行っているんだと、吉田ママが探しにきてもおかしくはない。

「また明日以降にゆっくり話をしよう。同じ学園なんだし、これからはいつでも会えるから」

私はルカーシュの手を握り、まっすぐ目を見つめる。

――手紙を読んだ時、弟に会ってみたいと思った。

話をしてみたい、「お姉ちゃん」と呼ばれてみたいとも思ったけれど、それは脳内のイマジナリー弟が小学生くらいであることを想像していたからだし、今の「姉さん」という響きも助かる。

「ルカーシュに会えて、本当に嬉しい！　見つけてくれてありがとう」

とにかく私自身もルカーシュに会えて心から嬉しい、というのは伝えたい。

そんな思いを込めて笑顔を向けると、何故かルカーシュは一瞬、困惑した顔をする。

けれどすぐに、ぱっと先程までの明るい笑みを浮かべた。

「良かった、俺もだよ。でも、俺は平民だし……姉さんとたくさん一緒にいたいけど、姉弟って知られたら姉さんが周りから変な目で見られるんじゃないかと心配で」

心配げなまなざしを向けられ、胸を打たれる。

そんなところまで私の心配をしてくれるなんて、なんて優しい子なのだろう。ルカーシュは見た目も中身も天使だった。

そして私が母側の連れ子の元平民であり、ユリウスと血が繋がっていないということも公（おおやけ）にはなっていない。だからこそ、ルカーシュと姉弟ということを周りに知られてはいけない気がする。

「それに俺も、家庭のことを周りから詮索（せんさく）されたくないんだ。貴族の人達も怖いし……だから誰にも言わないでくれる？」

ハートフル学園は実力至上主義のカースト制度が敷かれているものの、やはり平民と貴族の間には明確な身分差というものが存在する。

学園外では平民が貴族に話しかけることすらできない世界だし、ルカーシュが不安に思うのも当然だった。

「うん、絶対に誰にも言わないから安心して」

「本当に絶対に誰にも言わない？　誰にもだよ？」

うるうるとした子犬のような瞳で見つめられ、私は脊髄反射で何度も頷いてしまう。

かわいい弟を守ってあげなければと、庇護欲が無限に湧いてくる。

「ありがとう、姉さん。大好き！」

「あっ……あ……」

はしゃいだ様子のルカーシュに抱きつかれ、その上「姉さん大好き」という言葉を浴びた私は、完全に弟沼に落とされてしまった。

語彙力を奪われた私の口からはもう「あ」しか出てこない。

弟という生き物がこれほど可愛いなんて、聞いていなかった。至急、国を挙げて弟という尊い存在を守る保護法みたいなものを制定すべきだ。

「これからはずっと一緒だね。あ、俺のことはこれまで通りルカって呼んで？」

「うん、分かった！　可愛い愛称だね」

これまでユリウスに散々気を遣わせてしまったくらい、私は「きょうだい」というものに異常なほどの憧れを抱いていた。

もちろん、血の繋がりがないと知ってからも私にとってはユリウスが一番大切な存在であり、家族であることに変わりはない。

　けれど私には前世からずっと血を分けた家族がいなかったせいか、ルカーシュ——ルカには上手く言い表せない、不思議な特別感のようなものを感じていた。

「どこかへ行く途中だったんだよね？　引き止めてごめん、また明日会いに行くから待ってて」

「ありがとう。また明日ね、ルカ」

　国宝級の笑顔で手を振るルカと別れ、再び急ぎ足でカフェテリアへと向かう。

　心底驚いたけれど、生き別れの弟に会えるなんて夢にも思わなかった。これからもっと仲良くなれたらいいなと、胸が弾む。

　そんな中、ふとひとつの疑問が浮かぶ。

　——レーネはルカのことを、どう思っていたのだろう。

　レーネ母の手紙やルカの様子を見る限り、仲は良かったみたいだった。

　この世界のこともレーネを取り巻く環境についても、まだまだ知らないことばかりだと改めて思いながら、私は閉店時間ギリギリのカフェテリアに駆け込んだ。

「……あーあ、本っ当に姉さんはバカだよなあ。ルカなんて呼ばれたこともないのに」

　あの後、飲み物を抱えて教室に戻ったところ、入り口で吉田に出会（でくわ）した。

トイレにでも行くのと尋ねると「そんなところだ」と返されたけれど、すぐにヴィリーが「お前が遅いから心配して探しに行こうとしてたんだよ」とネタバレをしてくれた。

どこまでも大親友の吉田が愛おしくて苦しい。

『なんでこんな遅いんだよ。腹でも痛かったのか？』

『ま、まあ……』

ルカと「絶対に誰にも言わない」と約束をしたし、正直な理由を説明するわけにはいかない。大切な友人達にもひとまず黙っていようと、私は心の中で涙を流しながらデリカシーのないヴィリーの言葉に同意し、乙女としてのプライドを捨てた。

それからも真面目に勉強を続け、夕食の時間ギリギリに帰宅した。

慌てて食堂に駆け込むと既に私以外の全員が揃っていて、気まずさを感じながら席につく。

「おかえり、レーネちゃん」

「ただいま」

唯一、笑顔でそう言ってくれるユリウスの存在に、どれほど救われているか分からない。

さっさと退席したいけれど食事に罪はないし、この家のシェフの腕は良く、料理はどれも美味しい。毎日おかわりまでしてしっかりいただいている。

「ずいぶん遅かったんだな」

「放課後に友人と勉強をしていまして」

「そうか」

父は興味なさげに、こちらを見ることもないまま冷やかし程度の声がけをしてくる。

「次の試験も頑張りなさい」

「はい」

意外にも、まだ私のことを見捨てていなかったらしい。前回の試験の朝にも「期待しているぞ」なんて言われて驚いた記憶がある。

「結局、前回も偉そうな顔をしていたのに、Dランク止まりでしたものね。恥ずかしいこと」

会話を聞いていたらしいジェニーが、くすりと嘲笑う。Aランクをキープした彼女には、言い返すこともできない。

けれどあの時は悔しくて泣いてしまったものの、ユリウスや吉田、友人達に励まされた私はもう、これくらいでは全く傷付かない。

無視をしようと、ちぎったパンを口に放りこんだ時だった。

「――お前さ、不愉快だから黙ってくれない？」

ユリウスのひどく冷たい声が、食堂に響く。

驚いたのは私だけではないようで、両親やジェニーも食事をする手を止め、ユリウスへ視線を向けている。両親の前ではいつも飄々とした態度だからこそ、みんな困惑しているようだった。

当のユリウスは平然とした様子で、炭酸水の入ったグラスに口をつけている。

私を庇ってくれたのだと思うと、胸が温かくなった。

「……っ」

ジェニーは悔しげに唇を噛むと、乱暴にフォークとナイフを置き、食堂を出ていく。

母は慌てて追いかけようとしたものの父に止められ、何故か私をきっと睨んだ。こういう理不尽なところを見ると、やはり親子だなあと実感する。

意外にも、強い言葉を使ったユリウスに対して父は怒らなかった。やはり優秀であること、ジェニーの発言にも非があったからなのだろうか。

その後は誰も言葉を発さない地獄の空気の中、黙々と食事を続けた。


食堂を一緒に出たユリウスは、廊下を歩きながら自然に私の手をすくい取った。

すれ違う使用人達の視線を感じ、そわそわしてしまう。

「こんなところで繋いで大丈夫なの？」

「どうでもいいよ。結局、俺達が結婚するんだし」

そんなことをあっさりと言ってのけるユリウスに、心臓が跳ねる。結局、ユリウスが好きな私は嬉しいと思ってしまい、ひとまわり大きくて温かい手をぎゅっと握り返す。

すると「ＯＫってこと？」なんて言われ、笑ってしまった。

「さっきの、ありがとう」

「さっきのって？」

「ジェニーに怒ってくれたやつ」

「ああ」

ユリウスは礼を言われるようなことじゃないと、なんてことないように微笑む。

ふとした瞬間、何度も「好きだなあ」と実感してしまう。

「少し俺の部屋に寄ってくれない？」

「うん、大丈夫だよ」

いつものようにお茶を飲むのかなと思いながら、後をついていく。

ユリウスの部屋に入ると、相変わらずふわりと良い香りが鼻をくすぐった。

何の香水を使っているのか気になっているけれど、そこまで知ろうとするのは気持ち悪いかな、なんて考えては聞けずにいる。

ユリウスは机の上にあったノートを数冊手に取り、「はい」と私に差し出した。

「これは……？」

「二年のランク試験の範囲、出そうなところとかレーネが苦手そうなところをまとめておいた」

「……え」

突然のことに戸惑いながら、一番上のノートを捲(めく)ってみる。

そこにはユリウスの丁寧で綺麗な字や、わかりやすくまとめられた図が並んでいた。数冊分もこんな風にまとめるなんて、どれほどの時間がかかったのか想像もつかない。

「いらなかったら捨てていいよ」

「そ、そんなこと、するわけない……！」

胸がいっぱいになって、悲しくもないのに涙腺(るいせん)が緩む。

試験前、ユリウス自身が努力を重ねていることも私は知っている。だからこそ、時間のない中で私のためにここまでしてくれたのだと思うと、より心を打たれていた。

前回の試験のときに私が大泣きしてしまった後、ユリウスは一緒に悲しんでくれた。私のためにできることは全部してあげたいと言ってくれた。

その言葉をこうして形にしてくれたことも、どうしようもなく嬉しかった。

「なんで泣きそうになってんの、かわいいね」

「うう……」

こんなの誰だって泣きそうになるし、好きになってしまう。既にユリウスのことが好きな私は、余計に好きが溢れて止まらなくなった。

ノートをそっと抱きしめ、ユリウスを見上げる。

「ユ、ユリウス、大好き。本当に、ありがとう」

「どういたしまして」

よしよしと涙ぐむ私の頭を撫でてくれるユリウスはやっぱり、私の「好き」に恋愛感情が含まれているとは思っていないみたいだった。

絶対に次の試験でCランクになって、この気持ちを伝えたい。

そして喜んでくれたらいいなと、心から思った。

翌日の放課後も、やる気に溢れ燃えていた私は教室に居残り、机に向かっていた。

次の試験でCランクになれなければバッドエンドになってしまうことよりも、大切な人達のためにも頑張りたいという気持ちの方が強い。

「とても分かりやすいし、丁寧で見やすいわ。参考書みたい」

ユリウスの作ったノートを見ていたテレーゼは、感嘆の声を漏らしている。昨晩から早速活用させていただいているけれど、本当にユリウスのノートは魔法みたいに分かりやすかった。

なんというか、分からない側の気持ちを理解している感じがするのだ。

アーノルドさんのような天才肌の人は教え方が独特だったりするけれど、ユリウスは違う。

『俺はお前が思ってるほど、天才じゃないよ。かなり努力もしてるし』

以前言っていた言葉の通り、ユリウスが努力の人だというのを改めて実感する。

「お兄さん、本当にレーネが大切なのね。すごく伝わってくるもの」

「ありがとう、そうだといいな」

少しだけ照れてしまいながらも、頷く。私もノートを捲るたび、そんな気持ちになっていた。

「レーネの兄ちゃん、ほんとかっけーよな」

今日も一緒に残っているヴィリーもまた、隣の席でしみじみと頷いている。

実は先程、教科書を見て頭を抱えていた彼に「ヴィリーもノートを見る？」と尋ねた。

『正直すげー見たいけど、それはお前の兄ちゃんがお前のために作ったものだろ？　それを俺が使うのはなんか悪い気がしてさ。気持ちだけ受けとっとくわ』

けれどヴィリーはそう言って、笑顔で首を横に振ったのだ。

私はそんなヴィリーに、いたく胸を打たれていた。ヴィリーはデリカシーもないしおバカなところもあるけれど、いつだってまっすぐで友人思いな優しい子だった。

私の中では『リアル同級生だったなら、好きになってしまいそうな男子ランキング』で圧倒的一位だった。

「よし、頑張ろう」

「おー」

今日はテレーゼが途中で帰ってしまうため、後半はヴィリーと二人で頑張るつもりだ。ユリウスは生徒会の手伝いで遅くなるらしく、今日は一緒に帰れるらしい。

気合を入れてペンを握りしめた途端、ドアの方がきゃあっと騒がしくなる。

一体どうしたんだろうと視線を向けた先には、こちらに手を振る超絶美少年の姿があった。

「――ルカ?」

私はテレーゼに一声かけて慌てて立ち上がり、彼の元へ向かう。

そういえば昨日、別れる際に明日も会いにくると言っていたことを思い出す。

クラスの女子生徒も、廊下にいた生徒もみなルカを見て頬を染めていた。やはりルカは誰から見ても美形なのだと、勝手に鼻高々な気持ちになる。

「レーネ先輩、来ちゃった」

「先輩? ……あ」

どうして先輩なんて呼び方をするのだろうと思ったものの、姉弟ということを隠すのだから、呼び方だって「姉さん」ではまずいに決まっている。

「でもふたりきりの時はちゃんと、姉さんって呼ぶね」

こそっと耳元でそう囁かれ、今日も弟のかわいさに目眩がした。

そんな一粒で何度も美味しいみたいなの、反則だと思う。

「レーネちゃん、その子は？」

クラスメートの子達は興味津々といった様子で、ルカを見つめている。

友達というのも変だし、答えに困ってしまう。

「ええと、知り合いの子でして」

「初めまして、先輩。一年のルカーシュ・アストンです。これからも遊びに来ると思うので、よろしくお願いします」

ルカの眩しすぎる笑顔を向けられたクラスメート達は目元を手で覆い、ふらりと後ずさった。

我が弟ながら、今日も顔が良すぎる。

そして派手な髪色やたくさんのピアスといった少しやんちゃな容姿とは裏腹に、人懐っこい笑顔や丁寧な口調のギャップも、女子の心をくすぐるのかもしれない。

「二年生は美人が多いんですね。羨ましいな」

追い討ちをかけるような言葉に、クラスメートの一人・マリンダちゃんが膝から崩れ落ちた。

ルカが学園祭のホストクラブに参加していたなら、ユリウスとも戦えたかもしれない。

「ルカーシュくん、いつでも遊びにきてね」

「今度はもっと美味しいお菓子持ってくるから！」

「はい、嬉しいです」

みんなから山ほどのお菓子をもらった人気者のルカを連れて、私は自席へ向かった。

せっかく来てくれたのだし、ひとまず勉強は一旦休憩にしてルカと話をしようと思う。

「あれ、初めて見る顔だな」

「新入生なんだけど、私の知り合いなんだ」

ヴィリーとテレーゼに紹介するとルカは笑みを浮かべ、ぺこりと頭を下げた。

「一年のルカーシュ・アストンです」

「俺はヴィリー・マクラウド。よろしくな」

「テレーゼ・リドルよ」

「ヴィリー先輩、テレーゼ先輩、よろしくお願いします」

「うわ、なんかその響き、すげーいいな」

弟だと紹介できないのはもどかしいけれど、友人達とも仲良くなれそうで嬉しい。

そういえばルカの姓がアストンなら、レーネは元々レーネ・アストンだったことになる。

なんだか不思議な感じだなあと思いながら、私は財布を手に取った。

「ごめん、三十分だけカフェテリアに行ってくる！　帰りは飲み物も買ってくるね」

このままここでお喋りをしていては勉強の邪魔になるし、会話も限られてしまう。

「俺はオレンジジュースな」

「ええ、行ってらっしゃい。私達のことは気にしなくていいからね」

二人に笑顔で見送られ、ルカと廊下へ出る。

まだ放課後になったばかりで、校舎内には多くの人がいるようだった。

「ごめんね、タイミング悪かった？」

「ううん。大丈夫だよ」

そもそも私から会いに行くべきだったと反省した。私も上級生の階に行くのは緊張するし、入学したてで平民のルカなら、余計にそう感じたかもしれない。

コミュニケーション能力はありすぎるようだけれど、それと心理的な負担の有無はまだ別だ。

「今度からは私が会いに行くね」

「本当？　ありがとう」

ルカはぎゅっと私の腕にしがみつき、嬉しそうに頬を緩める。まだルカのことをほとんど知らないけれど、人よりも距離感が近いタイプなのかもしれない。

もちろん弟相手にドキドキなんて全くしないし、この先も絶対にないと言い切れる。

一方、兄だと思っていながらも、私はよくユリウスに対してドキドキしてしまっていた。もしかするとこれが、本当に血が繋がっているかどうかの違いなのかもしれない。

廊下を歩いていても、常に周りからは強い視線を感じる。

やはりルカが目立つからだろうかと思っていると、よく見知った顔が近づいてくるのが見えた。

「あれ、レーネちゃんだ」

アーノルドさんはニコニコとした笑みを浮かべ、手を振ってくれる。

「こんにちは、どこかへ行っていたんですか？」

「うん。今日は天気がいいし、馬小屋に顔を出してきたんだ」

「わあ、そうだったんですね」

私も近々、体育祭でお世話になったミシェルに会いに行こうと思っていると、アーノルドさんの視線がルカへ向けられた。

やがて金色の双眸が私の腕に絡められたルカの腕を捉えると、形の良い唇が弧を描く。

「あれ、レーネちゃんってば酷いな。俺というものがありながら、他の男といちゃいちゃして」

「いやいや、何を仰って……はっ」

またアーノルドさんが訳の分からないことを言っていると思ったものの、気付いてしまう。

今の今まで私はかわいい弟であるルカ——家族と仲良くしたいと浮かれていたけれど、冷静になるとはたから見れば私達はただの先輩後輩であり、男女なのだ。

堂々とくっついて廊下を歩いているなんて、そういった関係に見られてもおかしくはない。

とはいえ、いきなりルカの手を振り払うわけにはいかない。十年も離れていたのだし、迂闊なことをすれば傷つけてしまう可能性がある。

何よりこの先、ルカが学園生活において恋愛をする上で、妙な誤解を招くわけにはいかない。

こんなにも美形で優しくて良い子なのだから、素敵な恋人だってそのうちできるはず。

「ね、ねえルカ、目立っちゃうし少し離れない？」

「……もしかしてこの人、レーネ先輩の恋人？」

「えっ？　この人は違うよ！　仲の良い三年の先輩なんだ」

「ふうん？　――この人は、ねえ」

後半は聞き取れなかったけれど、ルカはぽつりと呟くと、私の腕に抱きつく力を強めた。

そして私の耳元に口を寄せ、囁く。

「姉さんは俺とくっつくの、嫌……？」

「まさか！　そんなはずないよ！」

「良かった。やっと会えた姉さんに嫌われたら、俺、死んじゃうかも」

慌てて否定すると、ルカは安堵した様子で微笑む。

私はというと突然の「死んじゃうかも」という物騒な言葉に、息を呑んだ。突然再会した美少年のかわいい弟にヤンデレ属性までついているなんて、聞いていない。

「えっ……」

「これからも仲良くしようね」

全く離れてくれる気配はないものの、何がルカを傷付けてしまうかまだよく分からないし、ひとまず今はこのままでいることにする。正直、冷や汗が止まらない。

姉弟というのはなかなか難しいものだと思っていると、アーノルドさんはくすりと笑った。

「あはは、すごく仲が良いんだね。じゃ、またね」

そうしてアーノルドさんは、やけに楽しげな顔をしたまま三年の階へと去っていく。

なんだか嫌な予感がしてしまいながら、私達は再びカフェテリアへ向かった。


カフェテリアは多くの生徒で賑わっていて、一番端の席に向かい合って座る。

周りの席の女子生徒はみんな、ルカへ熱い視線を送っていた。時折手を振られては、ルカも笑顔で返している。これがスクールカースト一軍か……と、私も憧れに似た眼差しを向けてしまう。

「あ、すごく美味しい」

「本当？　良かった」

ブラックコーヒーを飲むルカと、砂糖とミルクをどばどばと入れる私。

姉の矜持というのはどうしたら保てるのだろうと考えながら、スプーンをかき混ぜる。

「ありがとう。姉さんが買ってくれたコーヒー、大事に飲むね」

「うっ」

ルカはいちいち健気でかわいくて、何でも何杯でも飲ませてあげたい、むしろ何でも買ってあげたいと思ってしまう。

私はまだ名前と年齢くらいしか、ルカのことを知らない。

何から尋ねようかと悩んでいると、きらりと陽の光を受けてルカの金色のブローチが輝いた。

「ルカってすごいんだね、Sランクなんて。私も見習わないと」

「俺は特待生だから。成績は絶対に落とせないんだ」

にこりと笑ってみせるルカは、静かにカップに口をつける。

特待生とは各学年、成績上位の生徒五人が授業料を全て免除される制度だ。平民であるルカは経済的な事情で、特待生でなければ通えないのかもしれない。

どこまでも偉いルカに、自分が情けなくなる。

「そうだ、お父さんって元気なの？　どんな人なのかなって」

「うん、元気だよ。俺は今、寮にいるから長期休暇の時にしか会えないけど」

「そうなんだ」

ルカが一人じゃなくて良かったと、ほっとする。ハートフル学園には遠方に住む生徒のための寮があり、ルカの家はかなり遠い場所にあるのかもしれない。

「良かったら私もその時、一緒に会いに行ってもいいかな？」

実の父にも、もちろん会ってみたかった。レーネやルカに似ているのかな、私も「お父さん」と呼んでもいいのかな、なんて考えてはドキドキしていたけれど。

「……そうだね、いつか一緒に行こう」

ルカは笑顔のままだったけれど、はぐらかされたのがはっきりと分かった。

もしかすると、私は父に会わない方がいいのかもしれない。本当は母のことも、家族の事情についても気になっていたけれど、まだ聞かない方がいい気がする。

「姉さんはいつ記憶喪失になったの？」

「去年の五月に階段から落ちたらしくて、それまでの記憶が一切ないんだ」

「そうだったんだ。記憶喪失って、性格まで変わるものなんだね。俺が知る姉さんとはまるで別人だったから、驚いたよ」

やはりレーネは昔から気弱で内気で、泣き虫だったらしい。友達と呼べる存在だってほとんどいなかったため、今の私が友人に囲まれていることにも驚いたんだとか。

「じゃあ昔の私がルカと仲良くできていたのは、ルカのお蔭だね」

様子を見る限りルカはかなりのコミュ強だし、レーネとも仲良くできていたのだろう。

「あー……そうだね。そうかも」

ルカはテーブルに頬杖をつき、曖昧な返事をする。

やはり家族のこと、過去の私達のことについては話をしたくないみたいだった。

「姉さんの記憶って、全く戻らないんだ？」

「うん、今のところは」

一度、元の世界に戻ってレーネと入れ替わった時、一瞬だけ記憶が戻ったという設定にはしたけれど、そこまでまだ話さなくてもいいだろう。

それからは過去や家族の話題を避けながら、ルカの好きなものや学園での様子を聞いた。

まだ数日だけれど、友達もできて楽しく過ごせているようで安心する。

「あ、そろそろ戻らなきゃ」

時計を見ると、もうすぐ教室を出てから三十分が経つようだった。楽しい時間はあっという間というのは本当なのだと改めて実感する。

一緒に暮らせなくても、姓が違っても、家族に変わりはない。今後もこうして少しずつルカと仲良くなっていきたいし、姉らしいこともしていけたらと思う。

「今日はありがとう。またすぐに会いに行くね」

「うん、姉さんと話ができて良かった。今度は放課後、遊びに出かけたりしたいな」

「もちろん！　どこにでも行こう」

指切りをして約束をする可愛いルカを見て、笑みがこぼれる。

そして最後に、昨日から言おうと思っていたお願いをしてみることにした。

「私の仲の良い友達とかにはルカのこと、話してもいいかな？　絶対に内緒にしてくれるから」

やはりユリウスや大切な友人達に隠したままというのは、落ち着かない。

何より妙な誤解をされてしまうのも、絶対に嫌だった。

「……俺、過去に信じていた人に裏切られてから、人を信用できないんだ」

長い睫毛(まつげ)を悲しげに伏せたルカは、テーブルの上に無造作に置いていた私の手に、自身の手をそっと重ねた。私よりも大きな手のひらに、縋(すが)るように握られる。

「だから、姉さんの友達でも俺は信じられない。ごめん」

「ルカ……」

思い詰めた表情からは、相当な辛いことがあったのが窺える。先程「死んじゃう」なんて言葉を口にしていたのも、そんな出来事があったからなのだろうか。

両親が離婚し、姉と引き離された挙句、信じていた人に裏切られてしまったなんて、辛すぎる。

想像していたよりもずっと重いルカの背景に、これ以上は何も言えなくなった。

「ごめんね、面倒で。姉さんが迷惑なら俺――」

「全っ然大丈夫だよ！　こちらこそごめんね」

涙ぐむルカに、慌ててそう言って手を握り返した時だった。


「――何してんの？　レーネちゃん」


後ろから身体に腕が回され、耳元で低いテノールボイスが響く。

その瞬間、全身の血が凍りつく思いがした。後ろめたいことなんて何もないけれど、この状況は色々と間違いなくまずい。

そしてこのタイミング、絶対にアーノルドさんが余計なことを言ったのは確実だろう。

やけに楽しそうにしていたのはこういうことだったのかと、妙に納得してしまった。

「ねえ、俺は何してるのって聞いてるんだけど」

言葉を失っていると、追い討ちをかけられる。

ぎぎぎと首を動かすと、笑顔でルカに視線を向けるユリウスの横顔が視界に飛び込んでくる。

その目は全く笑っておらず、かなり怒っているのが分かった。

「お、お茶をしているだけです……」

「放課後、友達と勉強するって嘘をついて？」

「勉強はしてたんだけど、三十分だけ」

「友達との約束を破ってまで、こいつと過ごすことを選んだんだ？」

もはや何を言っても、最悪の方向に持っていかれてしまう。

けれどユリウスからすれば、私が謎の美形一年生と親しげに手を握り合ってお茶をしている、というようにしか見えないのだ。怒るのも当然だった。

「で、誰？」

「……ええと」

ここに来て先程、誰にも言わないでほしいと言われたことを思い出し、詰んだことを確信する。

実の弟だと説明できない中、この状況を切り抜ける方法なんてさっぱり思いつかない。

「こ、こちらはルカーシュくんです」

「それで？」

「ルカーシュくんはなんと、ルカーシュという名前でして……」

「だろうね」

その上、まだ名前くらいしかルカのことを知らないせいで、まともな紹介ができない。

ユリウスの疑うような強い視線を感じ、冷や汗が止まらない。

「一年のルカーシュ・アストンと申します。初めまして」

私が口籠もっていると、ルカが代わりに答えてくれる。間違いなくユリウスから相当な圧を感じているはずなのに、ルカは平然としていた。

「どういう関係？」

「レーネ先輩と俺だけの秘密なので言えませんが、俺達とても仲が良いんです」

「へえ？」

ユリウスの嘲笑うような声が、耳元で響く。

素直でかわいい弟が火に油を注いでくれて、私は心の中で涙が止まらない。終わった。

「レーネ先輩、そちらは？」

その上、聞き返してくるルカは間違いなく、かなりの強メンタルの持ち主だった。気弱だったらしいレーネとは本当に大違いで、姉弟でも性格は真逆なのかもしれない。

「………………」

なんとなく再会したばかりのルカに対して、新しい兄だとは言いづらい。

それでも嘘を吐きたくないし、いずれは分かることなのだ。ここは正直に──……

「恋人だけど」

「兄です」

私が結論を出すより先にユリウスが勝手に答えたため、すかさず答える。

「……そうなんだ」

そう呟いたルカの声のトーンが、少し下がった気がする。

ルカからすれば、大好きだった姉と十年会えない日々を送っていた中で、新しい兄と仲良くしている姿を見るのは複雑なのかもしれない。

私にとっては二人とも大切なのに、予期せぬ板挟みのような状況に、内心頭を抱えていた。

「帰ろっか、レーネ」

「えっ？　生徒会の手伝いで遅くなるんじゃ」

「そんなのよりこっちの方が大事だから。アーノルドに押し付けてきたし」

「いや私、そもそもヴィリー達と勉強を」

「俺がつきっきりで教えてあげる。帰るよ」

有無を言わせない笑顔に、こくこくと頷く。これは間違いなく、ものすごく怒っている顔だ。

「あの、鞄（かばん）をとってきたり色々あるので、お先に馬車へ向かっていただいて……」

このままルカと別れるのもまずい気がするし、友人達にもちゃんと謝っておきたい。

ユリウスは少しの後「分かった」と言い、カフェテリアを去っていった。このあっさり感も余計に怖くて、この後が心配で仕方なくなる。

私はルカに向き直ると、縋るような眼差しを向けた。

「やっぱり兄にだけでも――」

「姉さん、約束は守ってね？　守ってくれるって言ったよね？」

「ハイ」

先程のユリウスと同じ有無を言わせない笑顔に、私は即座に頷く。

「ありがとう、姉さん」

キラキラとした笑顔を向けられ、私は完全に腹を括った。自力でなんとかするしかない。

初めてした約束をいきなり破ってしまっては、ルカからの信用を失ってしまう。

「でも姉さん、大丈夫なの？　あの人、怖そうだったけど」

「ううん、本当はすっごく優しいんだよ」

大好きなユリウスとも、ルカが仲良くなってくれたら嬉しい。関わっていくうちに、ルカもいつかみんなが信用に足る素敵な人たちだと分かってくれるかもしれない。

それからはルカと別れ、急ぎ足で教室へ戻る。

するとそこには、机の上に突っ伏して灰になっているヴィリーの姿があった。

「ヴィ、ヴィリー……!?」

「突然もう勉強なんてしたくない、頭がおかしくなると言って力尽きてしまったの」

困ったように頬に手をあてるテレーゼが、説明してくれる。

ヴィリーは焦って無理をしすぎた結果、キャパを超えてしまったらしい。

とにかく今日はもう限界だということで解散になり、ちょうど良かった。

「大丈夫？　明日以降は二日に一回とかにしよう」

「ああ……昨日は夢の中でも勉強してたんだよな……」

私も前世ブラックな会社で働いていた頃、夢の中でも仕事をし続けていたことを思い出す。常に気が休まることはなく、地獄みたいな日々だった記憶がある。

そうして私達はヴィリーを支えながら、教室を後にしたのだった。

それから十分後、私はユリウスの隣で馬車に揺られ、座席の上でぴしっと背筋を伸ばしていた。

一方、ユリウスは足を組み頬杖をついて私を見下ろしている。

「それで？　浮気者のレーネから何か言いたいことはある？」

「全て誤解です。本当に誤解で無実です」

馬車に乗るまで必死に考えた結果、とにかく違うと訴えかけるしかないという結論に至った。

「この間も玄関で見てたもんね、あいつのこと。好みだったんだ？」

「本当に違います」

「俺のこと、こんなにも弄ぶのはレーネくらいだよ」

ユリウスは大袈裟(おおげさ)に悲しんだ顔をして、溜め息を吐く。

演技だと分かっていても、罪悪感が込み上げてくる。

「その、理由は言えないんだけど、ルカはそういう相手じゃなくて」

「なんで俺に理由も言えないような奴と仲良くすんの？」

「うっ……」

ど正論すぎて、返す言葉もない。

弟であるルカとはこれからも仲良くしていきたい。けれど、約束を破るわけにもいかないし、今の私と同じ状況になれば誰でも詰むと思う。

何も言えずにいるとユリウスは私に背を向け、窓の外へ視線を移した。

「しばらく機嫌悪いと思うから、放っておいて」

本当に怒らせてしまったようで、焦燥感が募る。

こんな風に避けられるのは初めてだったし、どれほどユリウスが私のことを想ってくれているのか実感しているからこそ、胸が痛んでしまう。

「ユリウス、本当にごめんなさい。どうしたら機嫌、直る？」

そんな気持ちでそっと制服の裾を掴むと、ユリウスは首だけ少しこちらを向いてくれる。

「……何でもしてくれる？」

「うん、もちろん！　私にできることなら！」

ルカのことを話す以外なら、何でもするつもりだ。

縋るように見上げると、ユリウスは憂いを帯びた表情を浮かべた。

「狩猟大会の後、レーネがキスしてくれたの、嬉しかったな」

「げほっ、ごほ」

本当に待ってほしい。とんでもないフリがきた。初めてだった上に、勢いがあったからこそできたことだし、あの後は恥ずかしくて死ぬかと思ったくらいだ。

今この場でもう一度というのは、流石に無理がある。

「そ、それだけは……」

「何でもって言ったのに、レーネはワガママだね」

ユリウスはそう言って笑うと、私の顎（あご）をくいと持ち上げた。

透き通ったガラス玉みたいな瞳に映る私は、ひどく間抜けな顔をしていた。

「じゃあ、俺がするね」

「?.?.?.?.?.?.」

なぜユリウスの機嫌を取ろうとして、私がキスをされるのか分からない。

けれどこの流れに疑問を抱く私がおかしいのかと思うくらい、ユリウスは堂々としている。

「う」

やがて頬に柔らかいものが触れ、口からは短い声が漏れる。

「かわいい」

わざと音を立てて何度もキスを落とすユリウスは、私の反応を楽しんでいるようだった。

こんな羞恥（しゅうち）プレイ、ちょっとした拷問（ごうもん）で逃げ出したくなる。

「俺以外にそんな顔、絶対に見せないでね」

必死にこくこくと頷くと、ユリウスは「お蔭で機嫌が直ったよ」と言って満足げに微笑んだ。

私は顔を両手で覆い「良かったです……」と呟くことしかできない。

――この場はなんとか乗り切ったものの、今後もルカが弟だと伏せた上で親しくすれば、今回のようなことは何度も起きるはず。

もちろん私はユリウスが一番大切だし、最優先したいと思っている。

けれどルカはレーネの家族で、弟なのだ。私の勝手な感情や判断で弟との関係を変えるなんてあってはならないし、大切にしなければならない。

何より私自身もそうしたいと思っている。

そう分かっていても両立する解決方法が全く思い浮かばず、内心頭を抱えていると、ユリウスはぽんと私の頭に手のひらを置いた。

「まあ、分かってるよ。何か事情があるんだってことくらい」

「ユリウス……って、それなら今のキス、必要なくない？」

一瞬、雰囲気に呑まれて理解のある言葉に感動しかけたけれど、全然おかしい。

「だって、腹は立つし」

「…………」

笑顔でそう言われてしまい、もう何も言えなくなる。

「とにかく何か嫌なことをされたら、俺に言って」

「ありがとう。でも、そんな子じゃないんだ。ユリウスにも仲良くなってほしいくらい」

「それは無理かな。間違いなく向こうも同じだろうし」

笑顔でばっさりと断ったユリウスは、アイスブルーの瞳でじっと私を見つめた。

「でも、あいつには気をつけた方がいいよ。絶対に」

「えっ？」

「俺、分かるんだよね。裏がある奴って」

それ以上は何も言わなかったけれど、ユリウスが根拠もなくそんなことを言う人ではないというのは分かっている。

ルカに裏があるなんて、どういうことだろう。ひとまずユリウスの言葉は頭の中に置いておくことにしつつ、馬車に乗ってから気になっていたことを尋ねてみる。

「そういえば、その紙袋はどうしたの？」

向かいの座席には、今朝はなかった紙袋が置かれていた。上からは入りきらなかったらしい封筒や小さな箱のようなものがいくつも見えている。

「ああ、これ？　手紙とプレゼントだって。一年女子からがほとんど」

「えっ」

私は驚きが止まらないものの、ユリウスは「毎年のことだし」と慣れた様子だった。こんなの少女漫画でしか見たことがない。

「みんな俺の中身なんて知らないのに、よくやるよね」

ユリウスは全く興味がないみたいだけれど、告白はランク試験の後、なんて待たせている余裕が私にあるのだろうか。

ユリウスの気持ちを疑っているわけではない。それでも、落ち着かなくなる。

「レーネは本当に分かりやすくて可愛いね」

気持ちが顔に出てしまっていたのか、ユリウスは満足げに私の頬をつんとつつく。

「俺はレーネちゃん一筋だから、安心して俺を振り回していいよ」

「ふん」

「えっ、なに今の。反抗期？　かわいいんだけど」

「もう黙って」

けれど、そんな言葉を嬉しいと思ってしまう私はもう、かなりの沼には嵌まっている気がした。

姉と弟、兄と妹

いよいよランク試験まで、一ヶ月を切った。

もう後がないと思うと胃に穴が開きそうだけれど、とにかく今は悔いが残らないよう、できる限りのことをやり切るしかない。

今日も放課後、教室に残ってテレーゼとヴィリー、ラインハルト、王子と吉田といういつものメンバー勢揃いで勉強会をしている。

「あー、なるほどな！　完全にその公式のこと忘れてたわ」

「…………」

成績優秀すぎる王子なんて絶対に居残って勉強する必要などないのに付き合ってくれていて、今はヴィリーに勉強を教えてあげている。

この二人、全くタイプは違うのに仲が良いらしく、先日はヴィリー一人で王城に遊びに行ったという話を聞いて驚いてしまった。二人が仲良く遊ぶ姿を想像すると、ほっこりする。

「レーネちゃん、そこ間違えてるよ」

「あ、本当だ。ありがとう！」

私はというと隣に座るラインハルトに時折見てもらいながら、必死に問題集に取り組んでいる。

「それにしてもラインハルトはもう、遠いところに行っちゃったね……」

一年前は私と同じFランクの落ちこぼれだったのに、あっという間にBランクになったのだ。

この学園でも稀に見る目覚ましい成長らしく、大注目されているんだとか。

元々の才能が開花しただけでなく、ラインハルトが誰よりも努力を重ねたからこそだと知っているため、心から尊敬している。

「そんなことない、僕は誰よりもレーネちゃんの近くにいたいと思ってるよ」

「本当？　ありが——ってペン突き刺さってるよ！」

きらきらとした目で、私の手をペンごとぎゅっと握ったラインハルトの痛覚が心配になった。

いつも私を見守って応援してくれる彼には、感謝してもしきれない。

「レーネ先輩って、本当に皆さんと仲が良いんだね」

「ふふ、そうなんだ」

そしてルカもすっかり、私達の輪に馴染んで一緒にランク試験に向けて勉強している。

私の隣で問題集を解いており、そこにはひたすら赤丸が並んでいた。

一年生の序盤の内容だし、もしかすると私が教えられることも——と思いながら時折様子を見ていたけれど、ルカが解いているものはかなりの上級編らしく、ひとつも分からなかった。

「ええと、この公式を使って……あれ、上手くいかない」

「あ、その場合はこっちを使うといいよ」

むしろ私がルカに教えられる側で、完全に姉の矜持は失われている。既に二年の途中まで予習してあるらしく、弟の勤勉さに涙が止まらない。

「ヨシダ先輩、ここ教えてもらってもいいですか？」

「ああ」

勉強面でのフォローは吉田に任せ、私はルカに矢が飛んできたら身を挺して庇うとか、そういう物理的な方向で頑張ろうと思う。

「ルカーシュくんはすごいのね。魔法の授業でも素晴らしい結果を残したって聞いたわ」

「ありがとうございます、運が良かっただけです」

「しかも謙虚だよな」

私の大切な知り合いだと紹介したところ、みんなすんなり受け入れてくれている。私は記憶がない設定のため、過去についてはふんわり誤魔化していた。

『レーネ先輩に会いたくて来ちゃった。だめ？』

最初のうちは私から会いに行っていたけれど、ルカは上級生の階に来ることに全く抵抗がないらしく、私の友人達とも仲良くなりたいと言って遊びにくることが多くなった。

まだ分からないことは多いものの、着実に距離が縮まっている気がして嬉しい。

いつか弟だと話したら、きっとみんな驚くに違いない。

「あ、そういやレーネに渡そうと思ってたの忘れてたわ」

そう言ってヴィリーが鞄の奥から出したのは、ぬいぐるみだった。

「こ、これは一体……？」

だらんとした手足はやけに長く、何の生き物か全く分からない。全身が青色で両目の焦点が合っておらず、口からは舌がはみ出している。

頭の悪い化け物のような姿を見る限り、呪いの人形にしか見えない。

「この間の週末、親戚の集まりがあって家に帰ってたんだけどさ。勉強を頑張れるように近くの神殿に祈りに行ったんだよ。で、学業の神様の人形が売ってたからお前にも買ってきた」

「ええっ」

まさかのまさかで、学業の神様の人形らしい。頭の悪い化け物だとか呪いの人形だとか、大変不敬なことを考えてしまい、心の中で土下座をした。本当に許してほしい。

そしてヴィリーが私の分まで買ってきてくれたことにも、胸を打たれていた。

「一緒に頑張ろうな！」

「ありがとう……！　私、もっと頑張るね！」

ぎゅっと神様を抱きしめ、お礼を言う。

大切に部屋の机の上に飾って、見守っていただこうと思う。

「わあ、かわいい人形だね。愛嬌（あいきょう）があるっていうのかな」

隣のルカも神様の人形を見て微笑んでいる。そう言われると、だんだんかわいく見えてきた。

ひとまずペンケースの横に神様を置いて勉強を続け、三時間ほどが経った頃、それぞれの迎えが学園に到着し始めたようだった。

「迎えが来たみたいだから、私はそろそろ帰るわ」

「俺もここで失礼する」

「うん、お疲れ様！　本当にありがとう。また明日ね」

「ああ」

みんなが帰っていくのを、手を振って見送る。私は一番最後に帰ろうと思って、迎えを少し遅くに頼んであった。

やはりみんなと一緒だと頑張れるし、勉強も捗って本当にありがたい。

やがてルカと二人きりになり、ぎゅっと腕に抱きつかれる。ルカは学園から徒歩五分の寮に住んでいるため、私に合わせてくれているようだった。今日も天使すぎる。

「姉さん、お疲れ様」

「何を食べたらそんなにかわいくなるの？」

「あはは、なにそれ」

最近はあまりのかわいさに、恐怖心すら抱き始めていた。

「姉さんはまだ勉強するの？」

「うん。迎えが来るまでもう少しかかりそうだから、ルカは先に帰って大丈夫だよ。寮での夕食の時間もあるだろうし」

「分かったよ。また明日ね、姉さん」

当たり前のように、ルカも「また明日」と言ってくれるのが嬉しい。

最近は教室でルカと会うことが多く、ユリウスと鉢合わせることもないため、あの日以来トラブルもなくほっとしていた。

笑顔で手を振って帰っていくルカを廊下まで見送り、再び教室へ戻る。

「よし、頑張ろう」

迎えが来たらすぐに出られるよう、ここからは単語帳での勉強に切り替えることにした。勉強道具を片付けようとしたところ、ふと違和感に気付く。

「……あれ？　ヴィリーにもらった人形がない」

ついさっきまで間違いなく机の上にあったはずなのに、忽然と消えてしまっている。

「ま、まさか……動く……？」

日本では人形が動くのはただのホラーだけれど、魔法があるような世界では人形が動くくらいのことはあり得そうだった。しかも神様を象(かたど)っているのなら尚更だ。

ただ、あの人形が夜中に部屋の中を歩いているのを見たら、怖くて泣くと思う。

「か、神様……？　どこへ行かれましたか……？」

ヴィリーが私のために買ってきてくれた、大切なものなのだ。

とにかく見つけなければと頭を抱えながら、私は教室内の大捜索を始めたのだった。

「ルカーシュくん、もうお昼は食べた？」

「うん、食べたよ」

「そっかあ。次は一緒に食べようね」

「もちろん、楽しみにしてる」

廊下で名前も覚えていない女子生徒に馴れ馴れしく声をかけられ、笑顔を返す。

面倒で仕方ないものの、俺みたいな人間はこうして愛想を振りまいておくのが一番良いと、これまでの人生で思い知っていた。

女なんて、みんな俺の上辺しか見ていないのだから。

「……そろそろかな」

人気のない場所へ移動し、足音が近づいてきたのを見計らって、ゴミ箱の中に手を入れる。

唇を引き結び、悲しげな表情を作って顔を上げると、こちらへ歩いてくるマクシミリアン・スタイナーとセオドア・リンドグレーンと視線が絡んだ。

「お前は、レーネの……」

二人が毎日同じ時間にここを通るのは知っていた。だからこそ、このタイミングを狙ったのだ。

その視線はやがて、俺の手の中の不恰好な人形へと向けられる。

——これは昨日の放課後に、姉さんから盗んだものだった。

「さっき、レーネ先輩が捨てていたのが見えて……」

人形に目を落とし、戸惑うような演技をしながら、そんな嘘を紡ぐ。

こんな不細工な人形なんてもらっても迷惑だろうが、友人からもらった人形を捨てるなんて軽蔑されるに違いない。そう、思っていたのに。

「何かの間違いだろう」

「――は」

間髪を容れずに、何の迷いもなく否定される。

心のうちを見透かすような金色の瞳にまっすぐ射抜かれ、小さく心臓が跳ねた。

「なんで、そんなことが言い切れるんですか」

「あいつは絶対にそんなことをしないからだ」

はっきりと断言したその様子からは、姉さんに対して強い信頼があることが見て取れた。

彼らと姉さんはまだ一年ほどの付き合いのはず。クラスだって違ったと聞いている。それなのに何故そこまで信じられるのか、理解できない。

だが、ここでこれ以上食ってかかっては俺が怪しまれてしまう。

仕方なくへらりとした笑みを浮かべ、肩を竦めてみせた。

「そうなんですね、じゃあ俺の勘違いみたいです」

「ああ」

マクシミリアン・スタイナーはこちらに向かって、右手を差し出す。

「俺から渡しておく」

「分かりました」

人形を渡すと、少し汚れた部分を払うように指先で撫でる仕草からも、姉さんを大切に思っているのが伝わってくる。

苛立ちが募っていくのを感じながら、きつく両手を握りしめた。

「レーネ先輩に、今日も会いにいくって伝えておいてください」

「ああ」

「…………」

教室へ戻っていく二人とすれ違う瞬間、第三王子から鋭い視線を向けられたのが分かった。

まるで余計なことをするなと、牽制するかのように。

寡黙で何を考えているのか全く分からなかったものの、想像以上に厄介な相手かもしれない。

「……あーあ、つまんねえの」

姿が見えなくなった後、ゴミ箱を思い切り蹴り飛ばし、舌打ちをする。

記憶喪失だか何だか知らないが、完全に別人になったらしい。本当に姉さんなのか信じられないほど友人に囲まれ、上手くやっているようだった。

今の二人からも姉さんを大切に思っているのが伝わってきて、呆れた笑いが込み上げてくる。

——先日も姉さんがいない間に色々と吹き込んだものの、誰一人として信じる様子はなかった。

『まさか。レーネは誰かの悪口なんて、絶対に言わないわ』

『うん、きっとルカーシュくんの聞き間違いだよ』

『そうそう。あいつはバカみたいにいい奴だからな』

どこまでも友人から信頼を寄せられていて、吐き気がする。

本当の姉さんは、そんな人間ではないというのに。

『ありがとう！　ルカはいい子だね』

あの能天気な笑顔を見ていると、苛立って仕方がない。

早く姉さんから、何もかもを奪ってやりたい。全てを失って、泣き喚く姿を見たい。自分だけ忘れて幸せに暮らしているなんて、絶対に許せるはずがなかった。

絶望して自分の過去の行いを後悔しながら、許しを乞えばいい。


——それが俺達を見捨てた、姉さんへの復讐なのだから。

「ほ、本当に良かったあ……」
ヴィリーにもらった神様の人形を抱きしめながら、私は安堵の溜め息を吐いていた。
二日前に教室から消えた後、いくら探しても見つからず困っていたところ、吉田と王子が一階で拾ったと渡してくれたのだ。
「見つけてくれてありがとう！　これ、一階のどこにあったの？」

「…………」

「…………」

王子だけでなく何故か何も言わない吉田に、首を傾げる。男子トイレだとか、言いにくい場所に落ちていたのだろうか。

そもそも教室にあったはずなのに、二階から一階へ移動していた事実が怖い。やはり動くのかもしれないと考えていると、不意に王子が私の手をきゅっと掴んだ。

「何かあったら、言って」

「えっ？」

突然のことに、私は目を瞬く。

王子はエメラルドの瞳をまっすぐに私へ向けていて、どこか心配げにも見えた。

「はい、ありがとうございます」

大丈夫だという気持ちを込めて、笑みを浮かべる。

すると王子もほんの少しだけ口角を上げ、その瞬間、私の背後でバタバタという音がした。何事だろうと振り返ると、王子の微笑みを見てしまった生徒が数人、倒れてしまったらしい。

流石の破壊力だと思いつつ、しっかりしようと私は神様の人形をそっと撫でた。

その日の晩、私はユリウスの部屋にお邪魔して勉強を教えてもらっていた。

ユリウスの教え方は分かりやすくて、一人で悩んでいた部分もあっという間に解決してしまう。

「――うん、全部合ってる。いい調子」

「よ、良かった……」

今日のまとめとして解いた問題集には赤丸が並び、ほっと胸を撫で下ろす。

自分でも、前回のランク試験前よりもずっと手応えを感じていた。ユリウスも自分の勉強があるのに私を見てくれていて、感謝してもしきれない。

「ユリウスも本当にありがとう。私、今度こそ絶対にCランクになるから！」

「うん。でも、無理はしないで」

私の頭にぽんと手を置くと、ユリウスは私の隣の椅子から立ち上がった。

「今日はここまでにしようか。今からは俺のレーネ補給の時間で」

「なんですかそれは」

よく分からないまま手を引かれ、ソファに並んで座る。

するとユリウスは私の腰を抱き寄せ、こてんと肩に頭を乗せた。柔らかな銀髪が首筋に当たり、くすぐったくなる。

「…………」

ユリウスは静かに目を閉じ、長い銀髪の睫毛が揺れた。どこまでも綺麗で、溜め息が漏れる。

そのままユリウスは無言のままで、休んでいるようだった。

ランク試験の勉強だけでなく、最近は仕事の方も忙しいと言っていた記憶がある。それでいて社交の場にも顔を出しているのだから、疲れるのも当然だ。

ユリウスは私を頑張り屋だと言ってくれるけれど、私からすればユリウスの方がずっと頑張り屋だった。ユリウスはいつも平然とした様子でいて、努力している素振りを見せないだけ。

本当にどこまでも格好いい人だと、心から思う。

「……レーネ？」

私と一緒にいる時くらいはありのままで、ゆっくり休んでほしい。そんな気持ちを込めてそっと頭を撫でると、ユリウスの両目がゆっくりと見開かれる。

「嫌だった？」

「ううん」

ユリウスは再び目を閉じ、撫でられるのを待っているようだった。

なんだか猫みたいでかわいくて、笑みがこぼれる。

「誰かに甘えるとかありえないと思ってたけど、レーネにならいいな」

「本当？」

「うん。こうしてると、明日も頑張れそう」

いつもユリウスに良くしてもらってばかりだし、少しでも何かできたなら嬉しい。

それに昔、人や動物とのスキンシップにより「幸せホルモン」「愛情ホルモン」と呼ばれるオキシトシンが分泌されると、ＳＮＳで見たことがあった。

ストレスが緩和されたり、リラックスして安心したりするとか。病気の予防にもなるらしい。

当時の私は「フッ、私には無縁だわ……」と暗い部屋の中で推しキャラのぬいぐるみを抱きしめながら、自嘲していたことを思い出す。切ない過去だ。

とにかく科学的にも証明されているわけだし、効果はあるはず。

そう思った私はがばっと身体を起こすと、ユリウスに向かって両手を広げた。

「ユリウス、抱き合おう！」

「は」

私が突然動いたことで斜めに傾いたままのユリウスは、目を瞬いている。

説明を省きすぎてしまったと反省しつつ、誰かと抱き合うのは心身共に良いと説明したところ、ユリウスは大きく息を吐いた。

「なんだ、ただ俺にくっつきたいと思ってくれたのかと思ったのに。でも、そんな話は初めて聞いたな。レーネは物知りだね」

「前にどこかで読んだ何かの本に書いてありまして……」

「ふうん？」

いつもの適当な言い訳をしたものの、そろそろ苦しくなってきているのを感じる。

けれどユリウスはそれ以上、尋ねてくることはなくほっとした。

「じゃあ、お願いしようかな」

ユリウスはそう言うと、両腕を広げた私に身体を預けてくれる。やがてぎゅっと抱きしめられ、私の頭の上に顎を置いたのが分かった。

体格差のせいで全身を包まれる形になり、広い背中に腕を必死に伸ばす。

「レーネは本当にあったかいね」

「ユリウスもあったかいよ」

私はユリウスと触れ合うまで、誰かの体温が温かくて落ち着くものだと——こんなにも幸せな気持ちになるものだと、知らなかった。

とくとくと少し速い胸の鼓動を聞いていると、ドキドキするものの、安心もする。ユリウスのためだという顔をしてハグをしたけれど、私自身も心が安らぐのを感じていた。

「これ、確かに効果ありそう」

「本当？　良かった」

「うん。だから毎日して」

「もう」

ユリウスの声音は機嫌の良い時のもので、小さく笑みがこぼれる。

もっと幸せな気持ちになりますように、という気持ちを込めてぎゅっとしがみつくと、頭上でユリウスがくすりと笑ったのが分かった。

「……もう、レーネが側にいないのは考えられないな」

やがてぽつりと呟いたユリウスに、小さく心臓が跳ねる。

なんというか、本当に心からの言葉だというのが伝わってきて、胸がいっぱいになった。

「俺の側から離れないでね。絶対」

私だってこの世界に来てからというもの、ユリウスが側にいてくれるのは当たり前で、いない生活なんて考えられない。

もちろんこれから先もそうでありたいと思っているけれど、私とレーネの入れ替わりがまた起こる可能性だってあるし、バッドエンドを迎えてしまった場合、どうなるのか分からない。

絶対という約束ができないことに、もどかしさを感じてしまう。

「……もしもだよ、もしも私がいなくなったらどうするの？」

「さあ？　自分でもよく分からないな。今までこんなに何かに執着したことがないから」

笑顔でそう言ってのける姿は、具体的に何をする、と言われるよりも怖い。自分で「執着」と断言しているのも、冷静になるととんでもない告白だった。

「だから、ちゃんと俺の側にいてもらわないと」

ユリウスは綺麗に微笑むと、こつんと私の額に自身の額をあてる。

戸惑いながらも私がこくりと頷くと子供みたいに笑ったユリウスが好きで、ずっと側にいたいと、心から思った。

◇◇◇

「もう、ちゃんとしてよね。ウェインライトさんのせいで私まで怒られたんだから」

「ご、ごめんね……」

ふんと鼻を鳴らして帰っていくクラスメートを見送り、ふうと溜め息を吐く。

なんだかここ最近、誤解で周りから怒られたり文句を言われたりすることが増えた。新しいクラスメートとはまだ関係が浅いせいで、何かの間違いだと言ってもなかなか信じてもらえずにいる。

「レーネ、また何かあったの？」

「うん。私が頼まれたはずの用事を放置してたって言われちゃって」

もちろん全く身に覚えがないし、一体どうなっているんだろう。最初はただの勘違いや誤解だと思っていたけれど、こんなにも続くと流石におかしい気がしてくる。

「本当に酷いよ。レーネちゃんはそんな無責任な人じゃないのに」

「ええ、早くみんな分かってくれるといいんだけれど……」

「ありがとう！　私はみんなが信じてくれるだけで嬉しいよ」

テレーゼとラインハルトの言葉に、救われた気持ちになる。これまで通り過ごしていれば、きっといつか他の人達も分かってくれるはず。

それにしても、やっぱりおかしいと首を傾げながら帰り支度をしていた時だった。

「あ、レーネちゃん。ルカーシュくんが来て、化学準備室で待ってるって言ってたわ」

「ルカが？　ありがとう」

クラスメートにそう告げられ、教科書を詰め込んだ鞄を持って化学準備室へと向かう。こうしてルカに呼ばれるのは初めてではないけれど、なぜ化学準備室なのだろう。

三階の一番端で人気がない場所だし、何か二人きりで話したいことがあるのかもしれない。

「ルカ？　いる？」

ドアを開けて中を覗いてもカーテンは締め切られ灯りはついておらず、真っ暗で何も見えない。

まだルカは来ていないようで、ひとまずカーテンを開けようと、中へ足を踏み入れる。

そうして窓際へ向かうと部屋の奥に人の気配がして、視線を向けた。

「――ルカ？」

声をかけてみても反応はなく、もう一度名前を呼んだ瞬間、まるで棚をひっくり返したようなぱりん、がしゃん、というガラスが割れるような音が次々と室内に響く。

「えっ……ええええ……!?」

何が起きたのか分からず呆然としているうちに、耳をつんざくような爆発音が響き、暗闇の中で熱風と炎が押し寄せてくる。

割れた瓶から薬液が漏れ、引火してはまた炎が上がり、花火大会のラストかというくらい、ドンドンバンバン連続して爆発していく。

「う、うわあ……」

私はキャンプファイヤーみたいだと思いながら、その光景を呆然と眺めていた。人はとんでもない出来事に遭遇した時、一周回って悲鳴すら出てこないのだと知る。

やがて煙も充満し始めて薬液が混ざったのか、吸ってはいけない感じの臭いまでする。

「ど、どうしよう、火事の時は、お、おはし……おかしだっけ……？」

火事の時の対応なんて、子供の頃の学校でした避難訓練程度の知識しかなかった。押さない、かけない――走らない、どっちもあったなあなんて考えながら、炎から逃げ惑う。

「……あ」

ようやく入り口に辿り着いてドアに手をかけたところで、ドアの向こうに人だかりができていることに気が付く。これだけ爆発大騒ぎをしていれば、人が集まってくるのも当然だろう。

私はあまり化学とか得意ではないけれど、密室状態で色々な煙やガスが溜まっている状態から、いきなりドアを開けて大丈夫なものなのだろうか。

ものすごい大爆発とかが起きたとしても、おかしくはない。

「ど、どうしよう……」

このまま待っていれば騒ぎを聞きつけて先生が助けに来てくれるかもと思ったけれど、既に火の手はドアの前にいる私のすぐ近くまで迫ってきている。あまり時間はなさそうだ。

半端に水をかけては炎が爆発的に広がるという話も聞いたことがあるし、私のへっぽこ水魔法では余計なことをしない方がいいだろう。

そんな中、足元で小さな爆発が起き、膝下がぶわっと炎に包まれる。

「うわあああ、あっつ――くない……？」

反射的に悲鳴を上げたけれど、何故か足は無事な上に熱さも痛みも感じない。

もしや私は既に最初の爆発で死んでいて、霊体に……という本当にありそうな怖い話を想像したけれど、自分で足をつねってみるとちゃんと痛くて安心した。

ほっとしたのも束の間、今度は近くにあった大きな棚がぐらりと傾く。

「――っ」

もう避けられそうになく、これは本当にまずいかもしれないと思った時だった。

目の前できらっと何かが輝いて、その向こうで棚が反対方向に吹き飛んでいくのが見えた。

その場にへたり込む私に向かって、手が差し出される。

「何でうちのレーネちゃんは次から次へと、こんなトラブルに巻き込まれるのかな」

ユリウスは「俺を心配させたくてやってる？」なんて言って笑うと、私の手を掴み、ぐいと引き上げて立たせてくれた。

「もう大丈夫だから、安心して」

――どうしてユリウスはいつも、私が困った時に助けてくれるんだろう。私にとってはヒーローみたいで、様々な感情で胸がいっぱいになる。

「二年の女子が炎の中に閉じ込められてるって聞いて来たら、案の定だったね」

「ユリウス、本当にありがとう。今回ばかりはうっかり死ぬかと思っちゃった」

「いーえ。レーネは俺が死なせないよ」

ユリウスはなんてことないように笑い私を抱き寄せると、片手をかざし、風魔法と水魔法を組み合わせて煙や火を消していく。

今の今まで部屋全体を呑み込むほど燃え広がっていた炎が、あっという間に小さくなる。

「ほら、お前らも手伝って。あの辺の液体とか厄介そうだし」

「もちろん、任せて」

「あら、派手にやったわね」

入り口にはアーノルドさんとミレーヌ様の姿もあって、二人もまた魔法を使い、めちゃくちゃになった準備室内を片付けてくれる。

「本当にありがとうございます」

「いいのよ。困った時はお互い様だもの」

私も何か手伝いたかったけれど、ユリウスに「レーネは大人しくしていて」と言われてしまい、邪魔をせず大人しく応援に徹することにした。


それからは消火活動をしてくれた三人に改めてお礼を言い、駆けつけた先生達と話をし、帰宅は普段の夕食開始時間よりもずっと遅くなってしまった。

既に両親やジェニーは夕食を終えていて、ユリウスと二人きりで食堂にて食事をする。

なんだか先程の出来事が全て夢だったみたいに、現実味がない。お腹は空いているはずなのに珍しく食欲も湧かず、私はグラスに入った水を喉に流し込んだ。

「大丈夫？　気分でも悪い？」

「そういうわけじゃないんだけど、まだ落ち着かなくて」

ユリウス達が助けてくれなければ、今頃は大惨事になっていただろう。あんな言い訳のできない状況では、私が退学になっていた可能性だってあった。

先生方も私が化学準備室で下手な火魔法を使ったのが原因だと考えたらしく、最初は「他に誰かいた」と言っても聞き入れてもらえなかった。

あんな時間にあんな場所に一人でいて火事が起きるなんて、疑われても当然だ。

『なぜ化学準備室にいたんだ？』

『それは、その……一人になりたくて……』

ルカの名前を出せば、間違いなくルカも巻き込んでしまう。だからこそ、適当に誤魔化すことしかできず、余計に怪しまれる結果となってしまった。

『へえ、先生は火事に巻き込まれた可哀想な俺の妹が、放火魔だとでも言いたいんですか？』

『レーネが犯人なんてあり得ないもの。もしそうだったら、私も退学にしていいわよ』

『じゃあ俺も』

けれどユリウスもミレーヌ様もアーノルドさんも、先生方を説得してくれたのだ。

無条件で信じてくれたことに、私はどうしようもなく胸を打たれていた。

Sランクで成績優秀、家柄も良い三人の圧に、先生も完全に押し負けていたように思う。

『だが、準備室があんな状態になった以上、無実の確証もない中で罰を与えないというのは……』

『それなら俺が明日までに全て、元の状態に戻しますよ』

『あの準備室には希少な薬液や薬草が――』

『明日までに全て用意します。それなら問題ないでしょう？』

そしてユリウスが知人の伝手で準備室の修理と、あの場にあったもの全て一晩で用意すると言ってのけ、私は用もなく準備室に入るなと怒られるだけで済んだ。

ユリウスが魔法でどこかへ連絡した直後には業者らしき人々が学園を訪れ、作業を始めたため、明朝には完全に元に戻る予定だそうだ。

ユリウスは本当に何者なんだろうと、改めて驚かされる。

「本当に本当にありがとう。ユリウスがいなかったら、停学は確実だったと思う」

「レーネには俺がいるから大丈夫だよ」

「うっ……そうだ、修理のお金とか」

「いらないよ、そんなの。その分、俺の好感度を上げておいて」

そんなことを言って笑うユリウスの好感度は、もう私の中でカンストする勢いだった。

大好きなミレーヌ様とアーノルドさんにも、後日きちんとお礼をしなければ。

「……でも、誰があんなことをしたんだろう」

あの瞬間、間違いなくあの場には私以外の誰かがいた。これまで積もっていた違和感が、はっきりと形取られていく。

──誰かが私に悪意を抱いていて、陥れようとしている。

いつもなら真っ先にジェニーを疑うところだけれど、最近の様子を見る限り違う気がした。

「犯人も探さないとね。でも、何で化学準備室なんかにいたの？」

「…………」

なんとなくユリウスにも、ルカに呼ばれたからだとは言えなかった。あの場にルカの姿はなかったけれど、クラスメートが嘘をついたとも思えない。

私が口籠もっていると、ユリウスは「言いたくないなら大丈夫だよ」と言ってくれる。

「俺が付いていているとはいえ、とにかく気をつけて。常に一緒にいられるわけじゃないから」

「うん、ありがとう。私、ユリウスがいなかったら今頃は死んでそう」

宿泊研修でドラゴンに襲われた件から始まり、何度もピンチを救われてきた。日頃ヒロインらしさがゼロの私でも、ピンチに遭う頻度だけはヒロイン感があって嫌になる。

「じゃあレーネの命はもう俺のものだね」

「すごい、その発想はなかった」

いつも通りのユリウスに笑ってしまい、少しだけ肩の力が抜けていく。

「それと、レーネに一時的な強い防御魔法がかかってた」

「えっ？」

「あんな目に遭わせても、怪我をさせるつもりはなかったんだろうね。被害が広がらないようにするためなのか、準備室のドアにも結界が張られていたし」

そして足元で爆発が起きた時にも、無傷だったことに納得がいった。犯人の目的は、私を怖がらせたり私の立場を悪くしたりすることなのかもしれない。

ランク試験が近づいている今は勉強に集中したいし、動ける時間は限られている。

とにかく今は身の回りに気を付けようと、自分に言い聞かせた。

ランク試験まで一週間を切ったある日の午後、魔法薬学の授業を終えた私は、こそこそと人気のない裏庭の水道へとやってきていた。

そうして顔を洗おうとした瞬間、突然後ろからがばっと抱きつかれる。

「姉さん、何して――」

どうやら後ろ姿で私だと分かったらしい。けれど私が振り返った瞬間、ルカはぴしりと固まる。

それもそのはず、今の私の顔は真っ黒に染まっているからだ。

今日も先生の話をちゃんと話を聞いていなかった愚かなヴィリーの失敗によって、顔が炭だらけになり、化け物のような姿にされてしまった。絶対に許さない。

「……姉さん、だよね？」

「うん。ちょっと実験で失敗しちゃって」

「実験で、失敗……」

ルカは呆然としながら私を見つめていたけれど、やがて「ぷっ」と噴き出した。

「ははっ、どうしたらこんなになるんだよ」

よほどツボに入ったのか、お腹を抱えて笑うルカの目尻には涙が溜まっていく。

幼い子供みたいな無邪気な笑顔がかわいくて、つられて笑顔になる。

「ルカは笑うとかわいいね」

そう言うと、ルカはハッとしたような顔をして、私から顔を背けた。

「……恥ずかしいから、あんま見ないで」

「ふふ、どうしようかな」

照れる姿もかわいいと言うと、怒られてしまう。

そんなルカが愛おしいと思う一方で、私は心の中にわだかまりが広がっていくのを感じていた。

その日の晩、夕食を終えた私はユリウスの部屋を訪れていた。

「何か勉強で分からないところでもあった？」

「ううん、少し聞きたいことがあって」

話があると伝えるとユリウスは中へ通してくれ、ソファに座るよう勧めてくれる。そしてメイドにお茶を用意させてすぐ、退出するように命じた。

二人きりになり私は温かい紅茶を一口飲むと、口を開いた。

「……私がこの屋敷に来た頃のこと、教えてもらってもいい？」

ルカと親しくなればなるほど、過去が気になって仕方なかった。それでもルカ本人には聞ける雰囲気ではないし、ユリウスに尋ねてみることにしたのだ。

ユリウスもレーネと不仲だった頃はあまり思い出したくないかもしれないけれど、今の私達の関係に変わりはないし、大丈夫な気がした。

「んー、正直あんまり覚えてないんだよね。レーネは喋らないし俯いてばかりで顔も見えないし、俺も特に話しかけたりしなかったから」

顔を合わせるのは食事の時だけで、それ以外は全く姿を見ることもなかったらしい。

「特に最初のうちは朝から晩まで部屋に閉じ込められて、家庭教師に貴族令嬢としてのマナーや知識を叩き込まれてたし。一度だけ、前の家に帰りたいって泣いていたのを見たかな」

「そんな……」

平民として育ってきて、いきなり厳しいマナーや知識を朝から晩まで叩き込まれるなんて、八歳の子供なら音を上げるのも当然だ。中身が二十歳を超えている私だって泣くに違いない。

レーネの母親も必死にフォローしていたらしいけれど、父は「伯爵家の名に泥を塗られては困る」と言って厳しい教育を続けたらしい。

姉妹で兄を奪い合わせるなんて一番恥ずかしいことをしているのは自分だと、罵ってやりたい。

「で、それを知ったあいつがレーネに――」

そこで何かを思い出したように、ユリウスの言葉が途切れた。

口元を片手で覆い、何か考え込んでいる。

「どうかした?」

「……いや、何でもないよ」

どう見ても何もない感じではなかったけれど、こういう時――何かに対して確信を持てない時、無理に聞いてもユリウスは口にしないと知っていた。

「役に立てなくてごめんね」

「ううん、ありがとう!」

お礼を言いお茶を飲み干すと、勉強の邪魔をしないよう自室へ戻る。

ユリウスが何を言いかけたのか気になりながらも、私は再び机に向かったのだった。

数日後の晩、今度はユリウスが私の部屋を訪れ、私はすぐに勉強していた手を止めて出迎えた。

「本当はランク試験の二日前に渡すかどうか、悩んだんだけど」

そんな前置きをして、ユリウスは私にいくつかの封筒を差し出す。

ユリウスの真剣な表情に、胸騒ぎがした。

「俺が勝手な判断をすべきじゃないと思ったんだ」

「…………？」

首を傾げながら受け取ったところ、何年か前のものなのか、少し傷んでいるように見える。

「あいつの書斎、漁ったら出てきたんだ」

あいつというのは父のことらしく、勝手に部屋を漁ったりして大丈夫なのか尋ねたところ「バレなければいいんだよ」とユリウスは言ってのけた。

その口ぶりからは、初めてではないことが窺える。

父の書斎にあった手紙と私に何の関係が、と不思議に思いながらも受け取った。

「……えっ？」

そして封筒に書かれていた「レーネ・ウェインライト」という宛名を見た私は、息を呑む。

この綺麗な字には、見覚えがあったからだ。

心臓が嫌な音を立てていくのを感じながら、封筒の裏側を見る。

「――ルカーシュ・アストン」

そこには、ルカの名前が綴られていた。

いよいよランク試験前日を迎え、私の隣に座っていたヴィリーは大きな溜め息を吐くと、くしゃりと林檎色の前髪をかき上げた。

「マジでさあ、重くねえ？　今の試験の結果が人生に影響するとか」

「結局、何でも積み重ねだからね」

「急に物分かりのいい大人の女みたいな顔して、俺を置いていくのやめろよな」

「フフ」

前世で受験や就職など一通りの経験をした私は、ヴィリーと同じ感想を抱いた頃もあった。そして失敗や反省を繰り返した結果、そんな結論に至ったのだ。

「お前、全然緊張してないじゃん」

「うん。もうやり切ったし」

私はというと、試験に対する緊張はほとんどなかった。

今度こそやれるだけのことはやったし、最近は問題集の正答率もかなり高い。きっと大丈夫だという自信があるからだろう。

それは一緒に頑張ってくれた友人達や、ユリウスのお蔭だった。

「ヴィリーも絶対に大丈夫だよ！　学業の神様も絶対に見てくれてるし」

「だよな！　今日はあの人形、抱いて寝るわ」

「私もそうする」

今日は居残って勉強はせず、それぞれ自宅で勉強し、明日に備えることになっている。

鞄に教科書をしまって立ち上がると、ちょうど吉田と王子も教室を出るところだった。

「二人とも、また明日ね！」

「ああ。あまり夜更かしせずに今日は早く寝ろよ」

「うん！　ありがとうママ」

「ママではない」

手を振って二人を見送った私は、そのまま一年生の階へ向かう。

ルカの教室を覗くと、相変わらずルカはモテモテで周りには大勢の女子生徒の姿があった。

「レーネ先輩！」

すぐにルカは私に気付いてくれて、ぱっと笑顔になり、こちらへ向かってきてくれる。

一方、周りにいた女子生徒達からは鋭い視線を向けられた。彼女達からすれば私は新入生に早速手を出す二年の女、くらいに思われているに違いない。

「俺が迎えに行こうと思ってたのに、ごめんね。来てくれてありがとう」

「ううん、大丈夫だよ」

昼休みに会いに来てくれたルカに今日の放課後、少しだけ時間が欲しいと言われていた。

私もルカに話があったし、すぐに了承して今に至る。

「じゃあ、行こうか」

ルカはいつものように私の手を取ると、どこかへ向かって廊下を歩いていく。やはりすれ違う生徒達からの視線を感じたけれど、ルカは一切気にならないようだった。

「どこに行くの？」

「二人でゆっくり話ができる、いい場所があるんだ」

私は繋がれていない方の手で鞄に付いている小さな水晶を握りしめ、後を付いていく。

そうして着いたのは学園の敷地内の端にある、もう使われていない古びた塔だった。遠目から見たことはあったけれど、もちろん入ったことはない。

「こんなところ、入って大丈夫なの？」

「うん。一人になりたい時はよく来てるけど、誰も来ないから」

一方のルカは鍵を開けて迷わず中へ入り、螺旋階段を登っていく。シミだらけの壁には時折、窓代わりの小さな四角い穴があるだけで全体的に薄暗く、幽霊でも出そうな雰囲気がある。

きゅっと繋がれたルカの手を握り返し、やがて屋上へ辿り着いた。

「わあ……」

柵すらなく開けた場所になっていて何もないけれど、敷地内でも一、二を争うくらいの高さで、ここからはハートフル学園全体を見渡せる。

想像以上の美しい見晴らしに、感嘆の声が漏れた。

「ここ、使われてないのがもったいないね」

「過去に実験が失敗して、この一帯は魔法が使えない環境になったからみたいだよ」

魔法が使えないというのは、魔法使いにとって何よりも恐ろしいことだと聞いている。

私は使えたらラッキーくらいの気持ちだけれど、幼い頃から使える人にとっては五感を失うような感覚なのかもしれない。

「そういえば、この間、化学準備室で危ない目に遭ったって聞いたよ」

「うん、びっくりしちゃった。停学とか退学になりそうだったし」

「そうなんだ。何でそんなところに行ったの？」

「クラスの子にルカがそこで待ってるって言われて」

「……俺に呼ばれたって、周りに話さなかったんだ？」

「そうしたらルカが疑われるから」

素直に答えると、ルカの顔に狼狽（ろうばい）の色が浮かんだ。

「……なんで、姉さんがそんなこと気にすんの」

「ルカが大切だからだよ。その件も含めて、ちゃんと二人で話をしたいと思ってた」

「っ嘘つくなよ！　だって姉さんは――」

私に掴みかかろうとしたルカが声を上げた瞬間、何かが崩れる音がした。

「――は」

「ルカ、危ない！」

空に向かって傾いていくルカの手を、必死に掴む。

そのまま私の身体も地面に強く叩きつけられ、あまりの痛みに口からは呻き声が漏れた。

「ど、どうしよう、これ……」

どうやら、ルカの立っていた場所が崩れたらしい。

そして七階ほどの高さのある屋上から落ちかけているルカの手を私が片手で掴んでいるという、まさに絶体絶命の状況になってしまっていた。

こんな絵に描いたような危機的状況を自分が体験するなんて、想像していなかった。

右手が軋む音がして、肩まで痛みを感じる。そもそも私はあまり力がなく、こうしてルカが落ちないように掴んでいられるだけでも奇跡のようなものだった。

「……う、……っ」

長くは持たないと、すぐに察した。

必死にルカを引き上げようとしても無理で、現状維持がやっとだった。魔法が使えないため、落ちてしまえば確実に命はない。

いくら叫んでも声は届かないだろうし、助けだって期待できない。万事休すな状況に焦燥感が全身に広がっていき、口の中が渇いていく。

「さっさと離せよ」

ルカは無表情のまま、私を見つめていた。

本気で離しても構わないという様子に、胸が締め付けられる。

「ぜったい、離さない」

「はっ、どこまでバカなんだよ。俺は姉さんに散々嫌がらせをしてきたのに。今だって、この場所に明日の試験終わりまで閉じ込めてやろうとしてたんだよ」

私を嘲笑う様子は、先程までの愛らしい天使のような弟とはまるで別人だった。

やっぱりこれがルカの素なのだと実感する。

「……気付いてたよ」

「は」

私と同じ色をしたルカの瞳が、大きく見開かれる。

みしみしと音を立て続ける右腕には気付かないフリをして、無理やり笑顔を作った。

「私、バカだし鈍いけど、気付いたよ。ルカだって、わざと私が気付くように、してたよね？」

化学準備室の件だってルカの名前を使わず、呼び出すことだってできたはず。

『なんかルカーシュがさ、お前が俺らを悪く言ってたって言うんだよ。まあ、お前の言葉選びがへタクソだっただけだろうけどさ』

『……そっか』

それ以外にも、引っかかることはこれまでにいくつもあった。

ルカは賢い子だ。だからこそ、もっと足がつかないように上手くやることもできたはず。

それでもそうしなかったのは、きっと、レーネに気付いてほしかったからだ。

気付いて自分の行いを悔いてほしい、謝ってほしい、そんな気持ちがあったからに違いない。

「それなら、なんで俺から距離を置かないんだよ」

「だって、家族、だから」

私は家族について人よりも詳しくないけれど、きっとそんな簡単に見捨てられるようなものじゃない。

最初は復讐心から近づいたとしても、一緒に過ごした時間の全てが嘘だったとは思えなかった。

――何より私は、なぜルカがこんな風になってしまったのかを知ってしまったから。

「……何だよ、それ」

「私ね、ルカに謝りたいことも、話したいことも……ある、んだ。だから一緒に、助からないと」

痛みに耐えながら、必死に言葉を紡ぐ。

崩れたがれきの尖った部分が腕に刺さっているらしく、腕からは血が流れ出ていた。腕を伝って流れた血が指先から垂れて、ルカの制服を濡らしていく。

既に腕の感覚はなく、一瞬でも気を緩めれば、ずるりとルカの手を離してしまいそうになる。

「いいから離せ！　っ離してくれ！」

「……っ」

「俺と一緒に死ぬ気かよ！　離せよ！」

「ここで手を離すくらいなら、一緒に落ちた方がいい！」

叫ぶようにそう告げると、ルカの目がさらに見開かれた。

やがて泣きそうに細められ「本当、バカじゃねえの」と、今にも消え入りそうな声で呟く。

「……う、っ……」

「もういい、罰が当たったんだろ」

「よくない！」

それでも確実に私の限界は近づいていて、ルカもそれを察したのだろう。

ふっと口元を緩めると、諦めたような表情を浮かべる。


「ごめんね、姉さん」


ルカはそう言って、私の手を振り払った。

必死に再び掴もうとしても、現状維持すら限界だった手には力が入らない。

「ルカ!!」

ルカの手がすり抜けていき、もうだめだと悟る。

いっそこのまま私も飛び降りて、ルカを抱きしめたまま落ちようと身を乗り出す。その瞬間、視界の端から手が伸びてきて、ルカの腕をぐっと掴んだ。

ふわりと大好きな香りが鼻を掠め、すぐに何が起きたのかを理解する。

「……流石にこんな状況になってるのは、想像してなかったな」

困ったように笑う横顔が、涙でぼやけていく。

「遅くなってごめんね」

やっぱり私を助けてくれるのはユリウスで、私は首を左右に振りながら、様々な感情で胸がいっぱいになっていくのを感じていた。

ユリウスはルカを引き上げてくれ、すぐに身体を起こした私は呆然とするルカに抱きついた。

「本当に、無事で良かった……」

ルカはそんな私を振り払うことなく、されるがまま。

ぽすりと力が抜けたように私の肩に顔を埋めたルカの身体は、小さく震えている。

「……っ」

やがて声を押し殺して泣き出したルカを抱きしめながら、私も子供みたいに泣いてしまった。

散々大泣きして落ち着いた後は、命の恩人であるユリウスに何度もお礼を言った。

ルカと今日話をするつもりだというのは昨日話していたから、心配して探してくれたらしい。

鞄につけていた水晶は位置を知らせるためのもので、これがなければこの塔までは辿り着けなかったとユリウスは安堵の溜め息を吐いていた。

「……助かった」

「お前のためじゃなくて、レーネのためだけどね。あとお前のこと、俺は許してないから」

少し目元の赤いルカのお礼はやはり素直じゃなくて、笑みがこぼれる。そんなルカにユリウスが向ける眼差しは、言葉とは裏腹に優しいものだった。

その様子からはウェインライト伯爵の行いに対して、罪悪感を抱いていることが窺える。

私もユリウスも悪くないと理解していても、自責の念にかられる気持ちは分かってしまう。

その後、大きな怪我はなかったけれど、保健室で腕や擦り傷などの治療をしてもらった。

「本当に二人で大丈夫？」

「うん、ありがとう。帰ったらすぐに会いに行くね」

ルカとゆっくり話をするため、ユリウスと別れて学生寮のルカの部屋へ移動する。ユリウスはまだ心配していたけれど、ルカがもう私に危害を加えることはないという、確信があった。

「部屋に入るまで声は出さないでね」

こくりと頷き、男子寮の窓からルカの風魔法を使って忍び込む。

本来、女子生徒を部屋に連れ込むのは禁止されているものの、みんな隠れてやっているから平気なんだとか。非常に不純だ。

「おじゃまします」

「何もないけど、その辺に座って」

ルカの部屋はベッドと勉強机のみで本当に最低限のものしかなく、綺麗に整頓されていた。

勧められたベッドの上に、ルカと並んで腰を下ろす。私は膝の上に置かれたルカの右手に自身の左手を重ねると、静かに口を開いた。

「ルカ、ごめんね」

「何で姉さんが謝んの」

「私、ルカが一番困っている時に、何もできなかったから」

「……どういう意味？」

「ルカが送ってくれた手紙は全部、私の手元に届けられてなかったんだ」

そう告げると、ルカの目が大きく見開かれた。

――昨日、ユリウスが私の元へ持ってきてくれたのは、ルカがレーネへ宛てた手紙だった。

ウェインライト伯爵の書斎に隠されていたものを、探し出してくれたという。

『レーネが家に戻りたいと言い出さないように、元の家族に関わるものは隠してたんだろうね』

『そんな……！』

数年前、私宛ての手紙を伯爵が回収するところを、ユリウスは見たことがあったという。

当時のユリウスはレーネと他人同然で、伯爵とも最低限の関わりしか持ちたくなかったため、見て見ぬ振りをしたらしい。

そのことを先日思い出し、気になって今回の行動に出たそうだ。

手紙には、父が大きな事故に遭い命の危機にあること、治療費も工面できず生活ができないほど困窮（こんきゅう）していること、どうか助けてほしいということが綴られていた。

『……っ』

他の数通にも同様のことが書かれていて、父の痛み止めすら買えない、まともに食事にありつけない、必死に助けてほしいと縋るルカの手紙に、涙が止まらなかった。

どれほど父とルカが辛い思いをしたのか、私には想像もつかない。日付を見る限りレーネの母が亡くなった後で、もうレーネを頼るしかなかったのだろう。

平民と貴族の金銭感覚は桁違いで、私が当たり前のように毎月与えられるお小遣いで解決できたに違いない。

けれど、伯爵のせいでこの手紙がレーネの手に渡ることはなかったのだ。

――ルカはレーネがウェインライト伯爵家でどんな扱いを受けていたのか、知る由もない。自分とは違い、貴族として幸せに贅沢な暮らしをしているのを想像していたはず。

だからこそルカがレーネに見捨てられ、許せないと思うことにも納得がいった。

『……本当にごめんね』

『ううん、ユリウスは悪くないよ』

ユリウスも手紙に書かれていたルカの名前やその内容を見て、全てを察したようだった。

全て悪いのは伯爵だ。これまではどうしようもない人間だとしか思っていなかったけれど、今回の件は絶対に許せなかった。

『俺が必ず復讐するから、もう少し待ってて』

そんな私にユリウスはそう言って、涙を拭ってくれた。

「……はっ、なんだよそれ」

知る限りのことを伝えると、ルカは自嘲するような笑みを浮かべ、くしゃりと前髪を掴んだ。

「姉さんは何も知らなかったなんて……それなのに、俺は姉さんが死にかけている父さんを見捨てたと思って……」

もしも知っていたなら、きっとレーネだって何とかしようとしたはず。

何故ならユリウスから渡された手紙の中に、レーネがルカに宛てた手紙もあったからだ。

そこには短い文章且つ控えめながらも、ルカや父は元気に暮らしているか、何かあったらいつでも連絡してほしいという言葉が綴られていた。

自分は伯爵家で上手くやっているから、なんて悲しくて優しい嘘までついて。

「こんな頼み、断られても仕方ないとは思ってたんだ。でも『私には二度と関わらないでほしい』『平民とはもう住む世界が違う、恥ずかしい過去』って手紙を送りつけてきたのも、姉さんじゃないの？」

「えっ？　絶対にそんなことはしてないよ！」

まさか伯爵がそこまでしていたなんて、と頭を抱えた。

一番苦しんでいる時に追い討ちをかけるような手紙が送られてくるなんて、ルカがレーネに対して恨みを抱くのも当然だ。むしろルカの復讐が、かわいらしいものに思えてくる。

本来ならもっと手酷いものをされたとしても、おかしくはなかった。

「……俺、バカみてえじゃん。何も悪くない姉さんに復讐なんてしてさ」

「ううん、ルカは悪くないよ！　本当に、ごめん……」

「それを言うなら、姉さんだって悪くないだろ」

呆れたように笑うルカは、私の手をぎゅっと握り返す。

「……ごめんなさい、姉さん」

そして、消え入りそうな声でぽつりと呟いた。私は涙がこぼれそうになるのを必死に我慢して、ぶんぶんと首を左右に振る。

ユリウスや友人達にもちゃんと謝ると言ってくれて、思わずルカを抱きしめていた。

それでもルカはされるがままで、より愛おしくなる。これからは一切の誤解もしがらみもなく、改めてルカと良い関係を築いていきたい。

「お父さんは大丈夫だったの？　それに、どうやって大変な時期を……」

「父さんは今は元気だよ。俺も生きるために何でもしたしね。犯罪まがいの仕事もしたし、犬の餌以下の残飯だって食った」

「……っ」

「まあ、まともに暮らせるようになった今となっては笑い話だけどね」

ルカはそう言って笑ったけれど、心には大きな傷として残っているはず。

胸が痛み、もう二度とそんな思いはさせない、私にできることは何でもしたいと固く誓った。

「あと、ちなみに俺と姉さん、姉さんが思ってるほど仲良くなかったから。父さんとは仲が良かったけど」

「……はい？」

「悪くもなかったけど、普通かな。俺も姉さんに対しては無って感じ」

固まる私を他所(よそ)に、ルカは繋いでいない方の手で私の毛先をくるくると指に絡めている。本当に待ってほしい。流石にそれだけは真実だと思っていたため、かなりの衝撃だった。

「だ、だって、お父さんからお母さんへの手紙に、ルカがお姉ちゃんに会いたいって……」

「手紙を書いてる父さんに一言ないかって言われて、適当にそれっぽいこと言っただけ」

「…………」

「社交辞令ってやつ？」

正直、ものすごく複雑な気持ちだった。

良かった、姉に会えず寂しがるルカはいなかったんだ……とほっとする気持ちもあり、今の私がルカが求めていた姉ではないことに対する罪悪感も薄れた、けれど。

「お姉ちゃんが大好きなルカはいなかったんだね……」

心のどこかでは少しは好かれていると思っていたため、勝手にショックを受けてしまう。

それが顔に出てしまっていたのか、ルカはふっと口角を上げた。

「そうでもないよ」

「えっ？」

「俺、今の姉さんは好きだから」

ルカはにっこり微笑むと、私に整いすぎた顔を近付けてくる。

「……バカみたいにお人好しで優しくて、こんな俺も見捨てない姉さんが好きだよ」

じっと同じ桃色の瞳で見つめてくるルカの今の「好き」には、嘘がないのが伝わってくる。

「酷いことをして本当にごめん。これからちゃんと償っていくし良い子にするから、仲良くしてほしいな」

「こ、こちらこそ」

そんなお願いを、私が断れるはずもなく。反射でこくこくと頷く私の頬にルカは唇を押し当てるものだから、私は供給過多によりその場に崩れ落ちてしまったのだった。

翌日の放課後、全ての試験を終えた私は教室で吉田の隣の席に座り、吉田と向かい合っていた。

「よ、吉田……これって青色だよね……？」

「ああ」

「吉田、これ本当に青？　緑じゃないよね？」

「ああ」

「ブ、ブルー？」

「ああ。そうだ」

今しがた色の変わった自身の胸元のブローチを指差しながら、壊れたラジオのように「これは青色か？」という問いを何度も何度も繰り返す。

いい加減にしろと怒るのが普通だろうに、吉田は穏やかな様子で何度も肯定してくれる。

そうしてようやく、目の前のブローチの色の変化が現実だと実感した。

「よ、よしだ……」

「お前はCランクだ、安心しろ。よくやったな」

「う、うわああん……」

きっと大丈夫だと分かっていても、いざこうしてCランクになれたと思うと嬉しくて安心して、感極まってしまう。頑張って良かったと、視界が揺れる。

吉田のハンカチで涙と鼻水を拭っていると、みんなも側に来てくれた。

「レーネ、おめでとう！　本当に良かったわ」

「うん！　レーネちゃん、頑張ってたもんね！　おめでとう」

「………」

「みんなも、本当にありがとう！　あと、おめでとう」

お祝いの言葉をくれるテレーゼとラインハルト、笑顔で頷いてくれる王子。もちろん三人とも高ランクをキープしていて、流石だとしか言いようがない。

前回のランク試験の結果もあってか、みんなも私のブローチを見て安堵の表情を浮かべていた。

優しい友人達が本当に大切で大好きだと、心から思う。

「レーネ！」

どたばたと足音が近づいてきて、ヴィリーに飛びつくように抱きつかれたことで、視界が燃えるような赤でいっぱいになった。

ふわりとお菓子みたいな甘い香りが、鼻をくすぐる。

ヴィリーは私の両腕を掴んでパッと離れると、自身の胸元へ視線を向けた。

「見てくれよ！　これ！」

「う、うわあああ！」

Bランクの証である紫色のブローチが輝いていて、口からは上擦った声が漏れる。

一緒に頑張っていたヴィリーのランクも上がったのが、自分のことのように嬉しい。

「良かったね、おめでとう！」

「おう！　って、レーネもCランクになってんじゃん！　良かったな！」

「うん、お互いやったね！」

これからも一緒に頑張ろうと熱い友情のハグをした後、ヴィリーは他クラスの友達にも報告してくると言って教室を飛び出して行った。

嵐みたいだと笑みがこぼれながら、隣で帰る支度をする吉田に向かって両手を広げる。

「吉田もする？」

「いらん」

「ですよね……って、ええっ⁉」

そうして私はようやく、吉田の変化に気が付く。

見慣れたはずの吉田の姿が、いつもよりも輝いて見えるのは、まさか。

「よ、吉田……Sランクおめでとう！」

「今更か」

なんと吉田の胸元のブローチはこれまで通りの銀色ではなく、金色に輝いている。吉田があまりにもいつも通りのクールな様子だったから、気付くのが遅れてしまった。

――Aランクはもちろんすごいけれど、Sランクとの間には大きな差があると聞いている。

ハートフル学園は相対評価のため各ランクの人数が限られていて、中でもSランクの人数は驚くほど少ない。

周りにSランクが多いせいで感覚が麻痺しそうになるけれど、とにかくSランクというのは貴重でとてもすごいことだった。

だからこそ、吉田がSランクになったことに、私は興奮や感動を抑えられなくなる。

「吉田、本当にすごいね！　おめでとう！　私まですっごく嬉しい！」

語彙力を失ってしまいながらも嬉しいという気持ちを必死に伝えると、吉田は口元を緩めた。

私は吉田のどこか呆れたような、けれど優しさに満ちた笑顔が好きだった。

「ありがとう」

素直にお礼を言われ、何故か感極まってしまう。

「努力を重ねるお前達を見ていたら、俺も頑張ろうと――って、何故また泣くんだ」

「ツンがない吉田とかただのスパダリじゃん……やめてよ……」

「何を言ってるんだお前は」

やはりこの世界に来てから私は、涙腺が緩くなってしまった気がする。くっしゃくしゃになった吉田のハンカチで再び涙を拭っていると、ドアの辺りがきゃあっと騒がしくなった。

視線を向けると予想通りルカの姿があり、こちらへまっすぐ向かってくる。

「良かった、Cランクになれたんだね！　俺のせいで駄目だったらどうしようかと思った」

私のブローチを見てほっとした表情を浮かべたルカは、かなり心配してくれていたらしい。

確かに昨日の出来事により前日の勉強はさっぱりできなかったけれど、これまでしっかり努力してきた分、一日くらい問題なかった。

「ルカはSランクだったんだね！　すごいよ」

「まあね」

ルカは本気でこれくらい当たり前だと思っているようで、取り立てて喜ぶ様子もない。

そんな中、上機嫌のヴィリーが教室へ戻ってきて、私の友人達が揃ったことを確認したルカは、私の手を掴んだ。

「姉さん、今でいいかな」

「うん。いいと思う」

ルカがみんなに嘘を吐き、迷惑をかけたことを謝ろうとしているのだと察した。

謝るというのはとても勇気がいることだし、早速行動しようとするルカは偉い。頑張ってという気持ちを込めて、ルカの手を握り返す。

「姉さん？」

すると私達のやりとりが聞こえていたらしいヴィリーが、不思議そうに首を傾げる。ちょうどいいタイミングだと思い、まずはルカが話をしやすいよう私が流れを作ろうと口を開いた。

「みんなに聞いてほしいことがあるんだけど……実は私とルカ、実の姉弟なんだ」

「えっ？」

綺麗に、数人の戸惑いの声が重なる。

王子まで切れ長の目を見開いて驚いた様子を見せているけれど、それも当然だろう。

そもそもテレーゼと吉田以外、私がウェインライト伯爵家の連れ子だと知らないのだ。全くもって意味が分からないに違いない。

ちなみに連れ子の事実に関しては隠していたわけではなく、私が事実を知った後に話すタイミングがなかっただけだった。

いきなりそんな話をされても「お、おう……」と気まずい空気になり、反応に困るだけだ。

「私も色々と知ったのは最近なんだけど、かくかくしかじかで――……」

それからはルカとは再会したばかりの姉弟であること、家庭の事情ですれ違いがありルカが私を恨むのも仕方ない状況だったことなどを、ざっくり説明した。

「……俺の勝手な感情で、皆さんを巻き込んでしまってすみませんでした」

そしてルカも丁寧に謝罪の言葉を紡ぎ、頭を下げる。

その姿に胸が痛んだものの、顔を上げたルカの肩に、すぐにヴィリーがぽんと手を置いた。

「お前らも色々あったんだな。ま、無事に会えて良かったじゃん」

「ええ、ルカーシュくんも大変だったのね。よくこんなに立派になって……」

「確かにレーネちゃんと同じ瞳の色だし、目元は似てるかも」

「それ以外は全く似ていないがな」

「………」

私のこういった説明はヘタクソで定評があるものの、友人達の理解能力が優れているお蔭で、無事に伝わったようだった。

みんなルカが私の弟だということ、そしてルカの謝罪をすんなり受け入れてくれて、ほっと安堵の溜め息が漏れる。むしろルカの心配すらしてくれていて、その優しさに胸を打たれた。

「でも、ユリウス様とレーネちゃん、実の兄妹じゃなかったんだね……」

「ご、ごめんね！　隠してたわけじゃないんだ」

「ううん。レーネちゃんが悪いわけじゃないから……」

何故かラインハルトだけは、その点に関してのみショックを受けた様子だった。

とにかくこれで、これからもルカが今まで通りみんなと仲良くできると息を吐くと、私の手を握ったままのルカは「なんで」と呟いた。

「……なんで、誰も俺を責めないわけ」

全く理解できないという様子で、友人達を見つめている。

「レーネちゃんが許したんなら、僕達が今更言うこともないしね」

「そもそもあんな嘘など誰一人信じまい。なかったのと同じだ」

「吉田お前、かっこいいな。今のは教科書に載っていいレベルの名言だろ」

「やめろ」

「……ふふ」

みんなの言葉に、心が温かくなる。吉田とヴィリーのやりとりに笑ってしまいながらルカを見上げると、ルカもまた小さく微笑んでいた。

「姉さんを陥れるための嘘を、誰も信じなかったよ。絶対にありえないって」

「み、みんな……」

友人達がどれほど私を信頼してくれているかを知り、胸が熱くなった。もちろん私だってみんなのことを信じているし、逆の立場になっても同じことを言っただろう。

もはやルカの復讐は私とみんなとの友情イベントになっていて、少し泣いてしまった。

「つーかお前、なんか性格変わってね？　俺はそっちの方が好きだけど」

「これが素なんですけど、良かったです」

今後、ルカもみんなと仲良くやっていけそうで本当に良かった。

ルカの件も解決し、私も無事にCランクになれたのだから、完璧な一件落着だろう。

ウェインライト伯爵家問題もあるため、ルカと姉弟ということは内緒にしてもらうことにした。

「週末はゆっくり休めよ」

「うん！　みんな、本当にありがとう」

改めてみんなにお礼を言い「また来週！」と手を振って見送る。明日からの週末は、屋敷に引き籠もってのんびりと過ごすつもりだ。

「レーネちゃん」

「あ、ユリウス！」

そんな中、教室へやってきたのはユリウスとアーノルドさん、そしてミレーヌ様だった。

ハートフル学園を代表する美形三人衆の登場に、教室に残っていたクラスメート達はどよめく。

「レーネ、おめでとう。Cランクに上がったのね」

「うんうん。すごいね、えらいよレーネちゃん」

「あ、ありがとうございます……！」

ミレーヌ様に抱きしめられ、アーノルドさんにもよしよしと頭を撫でられる。

二人にこうして褒められるのはとても嬉しくて、くすぐったい。実際のところ、結果としては私のランクが一番低いというのに、本当に甘やかしてもらっている。

「こいつら、レーネの結果が気になるってうるさくてさ」

肩を竦めたユリウスは二人から私を引き剥がすと、私の目元にそっと触れた。

先ほど泣いてしまったことに、気が付いたのかもしれない。

「よく頑張ったね」

「……っ」

みんなからのお祝いの言葉も嬉しかったけれど、やっぱりユリウスの言葉は特別で。ユリウスのひどく優しい声に、視界がぼやけていく。

もう泣きたくないと必死に堪えていると、ぎゅっと身体に腕が回された。

「姉さん、大丈夫？　泣かないで」

ルカは私の身体に抱きつき、心配げなまなざしを向けてくる。ユリウスは今までの優しい表情とは打って変わって「は？」とルカを睨んだ。

二人のお蔭で一瞬にして感動的な雰囲気は失われ、涙は引っ込む。

それからはアーノルドさんとミレーヌ様にも、ルカを弟として紹介した。

「まあ、レーネの弟なのね。かわいいこと」

「本当だ。目がそっくりだね」

「初めまして、ルカーシュ・アストンと申します」

ミレーヌ様とアーノルドさんに対しては愛想良く挨拶をしていて、ユリウスはなおも不機嫌さを露わにしたまま、その様子を見ている。

「レーネと結婚したら、こいつが弟になるのは嫌だな」

「結婚って何？　姉さん、こいつ何なの？　大丈夫？」

二人はそれからも売り言葉に買い言葉という言い合いを続けていたけれど、どこか気を許し合っているような雰囲気を感じていた。


やがて三人と別れ、ユリウスと馬車に乗り込んだ私はいつものように並んで座った後、こてんとユリウスに体重を預けた。

私からこうしてくっつくのは珍しいせいか、ユリウスは目を瞬く。

「なんか無性に甘えたい気分になって」

「いくらでもどうぞ」

ユリウスは私の頭に手を回し、さらに近づくようにしてくれた。その仕草や手つきの破壊力に、ときめきすぎて甘えるどころか呼吸するだけで精一杯になる。

「ありがとう、ユリウス。試験のことも、ルカのことも」

「どういたしまして」

「大好き」

心からの気持ちを口に出すと、ユリウスはやっぱり「ありがとう」と返してくれる。それが以前よりももどかしく感じてしまうのは、私の気持ちに変化があったからだろうか。

無事に試験も終わったことだし、いい加減ユリウスに告白しようと、私は気合を入れた。

第十一章
最初で最後の告白編

告白に向けて

ランク試験を終え、週末はひたすらゆっくり休んだ私は月曜日、元気に学園に登校していた。

クラスメートの誤解もルカやみんなのお蔭で解け、平和な日常を過ごしている。

去年同様、夏の試験を終えた後はすぐに体育祭モードになる。

今年は競技が大きく変わり、フェンシングや射撃といった貴族らしいもの、そして何故か借り物競走や仮装競走といった、ファンタジー感ぶち壊しの現代日本でよく見るものが加わっていた。

「ねえ、射撃とか仮装競走とか、おかしくない？　とんでもない食い合わせすぎない？」

「そうか？　色々あって面白そうじゃん」

けれどみんなはすんなり受け入れていて、違和感を覚える私がおかしい気がしてくる。

とは言え、この世界観へのこだわりや情熱が一切感じられない安定のクソゲー感に、妙な安心感を覚えてしまうのが悔しい。

そして立候補やくじ引きをしたところ、私は借り物競走とアーチェリーに出ることが決まった。

ちなみに去年、剣術の試合に出て負けてしまった私が、「来年は必ず勝たせてやる」という吉田師匠の言葉に涙する感動的なシーンがあった。

今年はその伏線を完璧に回収する予定だったのにと、残念な気持ちになる。

けれど去年とは違い練習に明け暮れる必要のない競技で、ほっとしたのも事実だった。

「ま、今年も俺らが優勝だな」

「そうね、頑張りましょう」

ヴィリーとテレーゼ、吉田が代表リレーに出場し、王子はフェンシング、ラインハルトは障害馬術といった、みんなそれぞれ得意競技メインで出ることになった。

私はみんなの活躍の傍ら、借り物競走で良いくじが引けるように神殿に祈りに行こうと思う。

去年は他クラスの吉田達はライバルだったけれど、今年はみんな仲間なのだ。

今年もたくさん楽しい思い出を作りたいと、一ヶ月後の体育祭に胸を弾ませた。


そんなこんなで放課後を迎えた私は、カフェテリアにやってきていた。

丸いテーブルの上に両肘を突き、指を組んだ上に顎を乗せる。

そしてまっすぐに前を見つめ真剣な表情を浮かべると、私は静かに口を開いた。

「――それでですね、ユリウスに告白をしたいんです」

そう、私はランク試験の前に浮かれて勉強が疎(おろそ)かになることがないよう、ユリウスへの告白を先延ばしにしていた。

無事にCランクになったこともあり、いよいよ行動に出ようと思っている。

けれどこれまで恋愛経験もなく、誕生日の告白も失敗してしまった私は、今回こそしっかり作戦を練って成功させたいと思い、友人達に相談することにした。

そして今に至る——けれど。

「あのさ、相談するメンバー間違えてねえ？」

ストローでジュースを啜りながら、ヴィリーは首を傾げている。

「レーネちゃん、このケーキ一口食べる？」

その隣に座るアーノルドさんは、切り分けたケーキを刺したフォークをこちらへ差し出す。

「ごめん、全然聞こえなかった」

そして最後の一人であるルカは椅子の背に思いきり体重を預け、足を組んでいる。ちなみに絶対聞こえていないふりだ。

みんな用事があり、今日集まってくれたのはこの三人だった。

相談に乗ってくれるのは大変ありがたいものの、ヴィリーの言う通り、世の中には適材適所、量(りょう)才録用(さいろくよう)といった言葉があることを思い出す。

「つーかお前、兄ちゃんのこと好きだったんだな。あ、もう兄ちゃんじゃないんだっけ」

「レーネちゃん、ユリウスじゃなくて俺にしない？」

「姉さん、男の趣味悪くない？　告白なんてやめなよ」

今回の相談において、三人が的確なアドバイスをしてくれそうかというと、正直不安だ。むしろもう既に雲行きが怪しい。

とはいえ、ひとつくらいは良い意見が出るかもしれないと、私は続けた。

「どういう雰囲気だと、本気って伝わるかな？」

「んー、告白っぽい感じとかじゃね？」

「はっ……なるほど……！」

確かにザ・告白という空気の中で好きだと伝えれば、信頼度は上がる気がする。

いざ好きだと告げてもこの間みたいに伝わらず、慌てて恋愛の好きだと説明するような雰囲気ぶち壊しの告白は避けたかった。

「それでいて、雰囲気のあるシチュエーション……やっぱりイベントとか？」

「ふんふん……じゃあ、ユリウスの誕生日はどうかな？」

「そ、それだ！」

アーノルドさんの意見に、私はぱんと両手を合わせた。

ユリウスの誕生日は体育祭の二週間後で、少し先にはなるものの、遅すぎることもない。

私の誕生日はユリウスのお蔭で最高に幸せなものになったし、しっかり準備をしてユリウスに喜んでもらった上で、告白も成功させれば完璧なのではないだろうか。

「毎年ユリウスの誕生日は伯爵邸の別館のホールで行われるから、告白する場所は、夜景のよく見える別館のバルコニーとかがいいかな……」

あっという間に、告白プランが決まっていく。当初、このメンバーに相談することに不安を抱いてしまったことを反省し、心の中で深く謝罪した。

あとはプレゼントをどうするかと、告白のセリフだけれど、後者は自分で考えるべきだろう。

そんなことを考えていると、不意にルカが私の肩に顎を乗せた。

私を上目遣いで見上げる表情も含め、全ての仕草があざとかわいくて、自分の武器を最大限に理解していることが窺える。もっとやってほしい。

「つーか、そんなの気にする必要あんの？　あいつ、どう見たって姉さんのこと好きだし、絶対に失敗なんてしないじゃん」

「……それはそうかもしれないけど、少しでも思い出に残るものにしたいなって」

——私自身、ユリウスが学園祭の後夜祭の花火の中で好きだと告白してくれた時のことは、一生忘れないと思う。あの時の美しい光景も、音も、何もかもが脳裏に焼き付いている。

ユリウスにもそんな思い出になってもらえたらいいなと思うのは、欲張りだろうか。

「ふうん」

ルカはあまり納得していない様子だったけれど、私の身体にぎゅっと腕を回した。いちいち美しい顔が近くて、あまりの眩しさに先程から目が半分程度しか開けられずにいる。

「分かった。俺も協力する」

「本当？」

「うん。プレゼントとか、姉さんの買い物に付き合ってあげるよ」

「ありがとう！　ルカ」

私はあまり自分のセンスに自信がないため、小物までお洒落なルカの存在は心強い。それにユリウスとルカは似ている部分がある気がして、とても参考になりそうだ。

こんなことを言うと二人とも怒りそうだから、絶対に口には出せないけれど。

「みんなもありがとう、お蔭で心が決まりました」

「うん、良い報告待ってるよ。ユリウス、泣いちゃうかもね」

「おう！　こういう話、結構楽しいな。こいばなって言うんだっけ」

私はアーノルドさんとヴィリーにお礼を言って見送ると、再び席についた。一緒に帰る約束をしているユリウスの用事が終わるまで、ここで待っているつもりだ。

ルカは変わらず私の隣で、ぴったりとくっ付いている。よしよしと頭を撫でれば嬉しそうに目を細める姿がかわいくて、笑みがこぼれた。天使だ。

「姉さんと一緒にいると安心するんだ」

「そうなの？」

「うん。だって姉さんは絶対に俺を裏切らないって、もう分かったから」

そういえば以前、ユリウスも同じことを言っていた記憶があった。

もちろん私は絶対にルカを裏切ったりしないし嬉しいけれど、いつの間にそこまでの信用を得たのだろうと気になる。そんな私にルカは続けた。

「屋上で俺が手を離した後、一緒に落ちてくれようとしたよね？　あの時、姉さんは絶対に俺を見捨てないって確信したんだ。嬉しかったな」

確かにあの時ユリウスが助けてくれなければ、私はそうするつもりだった。どうやらその行動がルカの琴線に触れたらしく、こうして懐いてくれているみたいだ。

「俺も姉さんが死ぬ時は、一緒に死ぬからね」

「？？？？？？？」

本当に待ってほしい。何がどうして、そんな考えに至ったのだろう。

「いやいやいや、全然死なないでほしいんですけれども……」

「なんで？　家族なのに」

家族に連帯死制度があるなんて、聞いたことがない。その理論だと父まで一緒に死ぬことになってしまうため、どうかやめてほしい。

「ね？　姉さん」

にっこりと微笑むルカからは、やはり強いヤンデレのオーラを感じる。以前の発言は私を油断させるための演技だと思っていたけれど、素の部分から来るものだったのかもしれない。

私が死にかけた場合、さっさと見捨てて生きてとお願いしたけれど、笑顔で流されてしまった。

何故か突然ルカの命を背負ってしまった以上、一分一秒でも長生きしなければ。

「でも姉さんがあいつと恋人になって、あいつとばっかりいるようになるのは嫌だな」

「そんなことない、ルカともたくさん一緒に遊びたいよ」

「じゃあ今週末は俺とお泊まりしよう？　別々に暮らしてる分、少しでも一緒にいたいんだ」

本当は一緒に暮らしたいけど、と悲しげに長い睫毛を伏せるルカに、胸を締め付けられる。

その願いは叶えられないものの、お泊まりくらいならいくらでもしたい。私としてもルカとゆっくり話をしたり、食事をしたりしたいと思っていた。

「もちろんいいよ！　お泊まり会しよう！」

「本当？　姉さん、大好き！」

私が頷くと、ルカはぱあっと表情を明るくさせる。かわいいなあと頬が緩むのを感じていると、ルカは私の指に自身の指をするりと絡めた。

「じゃあホテル、とっておくね。俺の部屋じゃゆっくりできないし」

伯爵や平民嫌いの母がいる以上、伯爵邸に呼ぶわけにもいかない。そうするしかないだろう。

「でもお金とか……あ、私が払うから！」

「実は俺、今は色々仕事もやってて結構金持ちなんだ。だから姉さんは気にしないで」

「そ、そうなんだ……？」

確かにルカは賢いけれど、まさかそんなことまでしているとは思わなかった。やはりユリウスとルカは気が合いそうだと思いつつ、まだ十五歳なのに大丈夫なのだろうか。

色々と気になることはあるけれど、楽しみだと笑みを浮かべるルカがあまりにもかわいくて、私のＩＱは一桁まで落ちてしまい、もう考えるのをやめた。

「夜は一緒に寝ようね。俺、慣れない場所だと怖くて一人じゃ寝られないんだ」

ルカはナイーブな一面もあるらしく、ここは私が姉らしく守ってあげなければと気合が入る。

任せてとルカの手を握り返そうとした瞬間、ぐいと後ろに身体が引かれ、視界がぶれた。

「お前さ、笑えない冗談はやめたら？」

いつの間にかユリウスがやってきていて、しっかり後ろからホールドされている。

ユリウスは冷ややかなまなざしをルカに向けると、はあと溜め息を吐いた。

「そのぶりっ子キャラ、似合わないからやめなよ。あとレーネを騙さないでくれない？」

「はあ？　俺のこと何も知らないくせに、勝手なこと言うなよ」

「いやあの、落ち着いて」

いきなり一触即発状態の二人に、冷や汗が流れる。

この間は良い感じの雰囲気で三人で仲良くできる日も近いかもしれない、なんて思った頃もあったのに一瞬にして遠ざかってしまった。

「そもそも泊まりとか許さないから」

「姉弟なんだから良くない？　家族水入らずの邪魔しないでほしいんだけど」

「すみません、みなさん落ち着いて……」

「今のレーネの家族は俺だけど」

「はっ、下心まみれの目で姉さんを見てるくせに、何が家族だよ」

もはや話題の中心のはずの私は空気で、二人はばちばちと火花を散らしている。

「死ぬ時は一緒だよねって話をしてたんだ」

「その前に俺がお前を殺すから大丈夫だよ」

「いたたたた」

ルカはぐいと私の腕を引っ張り、ユリウスは私の上半身を後ろに引っ張っている。

「離してくれない？」

「うざ、お前が離せよ」

「いたたたた、あの、どっちも離してください」

これが大岡越前だったなら、どちらも母親だと認められないレベルだ。

結局ユリウスもルカも解放してくれず、私は言い合いを続ける二人の間に入り、三人で手を繋ぐ訳の分からない状況のまま玄関に向かったのだった。

ユリウスはルカとのお泊まり会を許せないらしく、就寝前の私の部屋でも不機嫌なまま。

無表情のまま足を組んでソファに座り、頬杖をつくユリウスは絵になりすぎていて、何か命令されると即座に「ハイ」と言ってしまいそうな風格がある。

ルカはいつも寮で一人だし、まだ十五歳なのだから寂しい思いだってしているはず。土曜日に泊まって日曜日の昼には帰ってくると約束し、なんとか許しを得ることができた。

「じゃあその分、俺とも泊まってよ」

隣に座る私を腕の中に閉じ込めながら、ユリウスはそんなことを言ってのける。

「同じ屋根の下で暮らしてるんだし、毎日がお泊まり会だよ！　わあ贅沢！」

「同じ部屋で寝るけど」

「アウトです」

これまで何度もユリウスと寝たことがあるけれど、兄妹だと思っていた頃とは違い、なんというか背徳感や罪悪感のようなものを覚えてしまう。

ただの若い男女なのだし好意がある分、余計によくない気がする。

「じゃ、寝よっか」

「いや私の話、聞いてた？　――わっ」

笑顔のユリウスは私をひょいとお姫様のように抱き上げると、そのままベッドへ向かっていく。

そっとベッドの上に下ろされた後、軽くとんと肩を押される。

ぽすんと背中から倒れ込んだ私の上に、影が差す。

「……っ」

床ドン状態でユリウスが真上にきて、まるで押し倒されたような状況になる。ユリウスは読めない表情で私を見下ろしていて、心臓が早鐘を打っていく。

「な、なんでしょう……？」

「むかつくなって」

「だから、ルカは弟で――」

「弟だろうと何だろうと、レーネが俺以外に構うのが腹立つんだよね」

独占欲っていうのかな？　なんて疑問をユリウスは口にしたけれど、私に聞かれても困る。

恋愛初心者の私は、こんな状況ではもう呼吸をするだけで精一杯だった。

じっと見下ろされているのが落ち着かなくて恥ずかしくて、いつもみたいな雰囲気になってほしいと思った私は何か冗談を、と必死に頭を働かせる。

「お、弟にまでやきもち焼くなんて、私のこと好きすぎない？」

「そうだよ。知らなかった？」

へらりと笑顔を向けたものの、真顔でそう返されてしまう。

どう考えても間違えたと内心頭を抱えながら、胸が痛いくらいに高鳴るのを感じる。流石に私がいっぱいいっぱいだと察したのか、ユリウスは小さく笑うと、私の上から隣へと移動した。

添い寝のような状態になり、どうやら本気でここで眠るつもりらしい。

「こんなところで寝たら、絶対になんか言われるよ」

「朝にはちゃんと部屋に戻るから大丈夫」

確かに私の心配なんて杞憂になるくらい、ユリウスは上手くやってしまうのだろう。

丁寧に毛布をかけてくれるユリウスには何を言っても無駄だろうし、寝かしつけをしてもらうくらいの気持ちでいることにした。

「ユリウスは何の競技に出るの？」

「俺は代表リレーとフェンシングだよ。優勝するから見にきてね」

何の躊躇いもなくそう言ってのけるあたり、流石だと思う。

私が借り物競走とアーチェリーに出ることになったと話すと、ユリウスは楽しげに笑った。

「借り物競走ね。俺は一年の時、アーノルドと仮装競争に出場させられたな」

「えっ、去年もあったんだ！　ユリウスは何の格好をしたの？」

ユリウスとアーノルドさんはクラス中の女子生徒に懇願され、断れなかったという。

ルール上、仮装は何でも良いと聞いている。実際の競走としての順位と、仮装のクオリティの総合ポイントで最終的な順位が決まるらしい。

「準備とか面倒だったし、上半身裸で風呂上がりの仮装ってことにして走ったら一位だった」

「関係者全員どうかしてるよ」

仮装に関しては運営側の独断と偏見による部分が大きいとは聞いていたけれど、もはやそれしか感じられない。真剣に仮装をした人たちに心から謝ってほしい。

とはいえ、以前ちらっと見たことがあるけれど、ユリウスの上半身は腹筋も割れていて、まさに肉体美という言葉がぴったりだった。美の暴力で全てを解決してしまうのは反則すぎる。

「ごめんね、もうレーネ以外には見せないから」

「そんな心配はしてないし、見る予定もないんですけど」

「でも俺はレーネが少しでも露出なんてしたら体育祭、中止にさせるよ」

「厄介すぎない？」

あまりにも勝手すぎるのがおかしくて、なんだか笑えてきてしまう。

けれどユリウス・ウェインライトという人は、これまでどんなことだって許されてきたのかもしれない。それほどにユリウスは完璧で、圧倒的な存在だった。

「ふわあ……」

ユリウスの穏やかな良い声を聞いていると、だんだんと眠気が込み上げてくる。

好きな異性と一緒のベッドでもしっかり眠れてしまう自分に少し悲しくなりながら、ユリウスにベッドサイドの灯りを消すようお願いした。

やがてふっと暗くなり、毛布越しにユリウスの腕が身体に回される。

「おやすみ、レーネちゃん」

「おやすみなさい」

ドキドキはするのにどこか落ち着いて、不思議な気持ちになりながら、私は眠りについた。

――翌朝、私が目を覚ました時にはもう、ユリウスの姿はなくて。寂しいなんて思ってしまったことは絶対に内緒にしておこうと思う。

体育祭

あっという間に迎えた体育祭当日、私は気合を入れてツインテールにして登校した。

ユリウスは何度も「かわいい」と言ってくれており、もしかすると好みなのかもしれない。今後もさりげなく取り入れていこうと思う。

「お互い頑張ろうね！　ユリウスの応援もちゃんと行くから」

「今年は見に来ないでって言わないんだ？」

「あれは見られてたら緊張するし、恥ずかしかったからでして……」

「あはは、それなのに見に行ってごめんね」

今年は言うなればお遊びのような競技のみだし、去年よりずっと気が軽い。アーチェリーもＴＫ

Gとそれなりに練習したし、どちらの競技も一位を狙っていきたい。

ユリウスと別れた後はまっすぐ更衣室に向かい、体育着に着替える。去年の緑とは違い、早速ランク試験の結果の通り青いラインが入っていて、口元が緩んだ。

教室へ入るとすぐに、金色のラインが眩しい体育着を身に纏(まと)った吉田に出会した。

「おはよう、吉田！　今日の私は吉田推しスタイルだよ」

そう、実は体育着の色に合わせてリボンも青色にしてきた。青髪青メガネの吉田推しカラーだ。

心の中では常に、青色のペンライトを両手で振っている。

「正直ルカもかわいすぎて心が揺らいだけど、私の人生の最推しは吉田だから安心して」

「そうか、乗り換えてくれ」

そんな素っ気ない返事をしながらも、着替えの際に曲がってしまったらしい髪のリボンを結び直してくれるツンデレの吉田、好きだ。

それからはグラウンドに移動し、開会式が行われた。

「今年も良い天気で良かったね」

「ええ。でも雨の場合も、先生方が学園全体に雨避けの魔法シールドを張って決行するらしいわ」

「なんてファンタジー」

私が出場する借り物競走は午前中、アーチェリーは午後一番の予定だ。

プログラムを開くと、まずは去年私が見せ物になった障害馬術からだった。ラインハルトが出場するため、みんなで応援に向かうことにした。

結果、障害馬術はラインハルトの圧勝だった。

他の追随を許さない猛スピードで駆け抜けていき、あっという間にゴールしたのだ。ラインハルトの乗っていた馬は鬼気迫った様子で、何かに怯えているようにも見えた。

もしかすると気が弱いとかで他の馬が怖くて、逃げるような気持ちだったのかもしれない。

「ラインハルト、すごかったよ。一位おめでとう！」

「ありがとう。絶対に負けられないから頼むねって強めにお願いしたら、頑張ってくれたんだ」

強めにお願いという言葉の意味はよく分からなかったけれど、笑顔のラインハルトも去年の私とミシェルのように、馬との信頼関係が芽生えていたのかもしれない。

「君も頑張ってくれてありがとうね」

ラインハルトによしよしと撫でられた馬も、歓喜で震えている。

とにかくラインハルトのお蔭で、我がクラスは好調な滑り出しをすることができた。

そして次の種目は、私が出場する借り物競走だった。

「よし、頑張ってくるね！」

「ええ。みんなで応援してるわ」

クラスメート達に見送られ、王子と共にグラウンドの中心へと向かう。実は体育祭を欠席した生徒の代わりに、急遽王子も出ることになった。

正直、一番想像していなかった組み合わせで、目が離せない展開になりそうだ。

「いいお題を引けるといいですね」

「………………」

ほぼ運ゲーとは言え、いざとなると自分の出番はやはり緊張してしまう。

借り物競走のルールは私の知るものと全く同じだった。一斉にスタートし、少し先のテーブルの上にあるお題の入った箱から紙を引き、そこに書かれたものを探してきてゴールするだけ。

簡単なお題を引くことができれば、運動神経の良くない私でも一位を獲れる可能性がある。メガネをかけたツンデレだとか、どうか簡単に見つけられるお題であってほしい。

「えっ？　出席番号２６番の人……？」

「どなたか、俺のことが好みの女子はいませんかー⁉」

やがて競技が始まり、お題を引いた生徒たちが必死にグラウンドを駆け回る。

ふざけたお題の数々に、会場からは笑い声が上がる。けれどいざ出場する側の私は、自分もそんなお題を引いてしまう可能性があるため、冷や汗が止まらない。

「セオドア様、頑張ってくださいね！」

そんな中、王子の出番がやってきて声を掛けると、こくりと頷いてくれた。

やがてスタートし王子は走る姿も美しいなと思いながら応援していると、お題箱から紙を引いて開いた途端、何故かこちらへと戻ってくる。

そして私の目の前で足を止め、手を差し出した。

「もしかして、私ですか？」

王子はこくりと頷く。どうやらお題に私が当てはまるようだった。

戸惑っている暇はないため、その手を掴んで立ち上がり、ゴールに向かって走り出す。

けれど反対方向からも既にゴールへ向かっている生徒がおり、このままでは向こうの方が先にゴールしてしまいそうだ。

必死に走りながらも、私の足がもっと速ければ……と申し訳なく思っていた時だった。

「――すまない」

耳元でそんな声が聞こえたかと思うと、突如私の身体がふわりと浮いた。

次の瞬間には、ぐんっともものすごい速さで視界がぶれていく。

「え、えええ……!?」

まさかのまさかで、王子は私を抱えた状態で走り出していた。それでも手を繋いだまま一緒に走るよりも速くて、ぐんぐんと王子は進んでいく。

色々な意味でお荷物の私はというと、必死に王子にしがみつくことしかできない。

「きゃあああ！　セオドア様ー！」

「な、なんて素敵なの……！　ああ、目眩がしてきたわ……」

グラウンドのあちこちから黄色い声が上がり、お姫様抱っこをするリアル王子様というシチュエーションに女子生徒はみんな大興奮しているようだった。

その上、最後の最後にギリギリのところで王子が相手を抜いたことで、会場はさらに沸く。

「や、やりましたね、一位！　すごいです！」

無事にゴールテープを切った後、降ろされた私は王子の手を取った。王子は息を切らすどころかいつも通りの様子で、こくりと頷く。

なんというか王子は儚げなイメージだったから、しっかりした男性の身体つきだったこと、軽々と私を抱き上げてくれたことなどに対して、うっかりときめいてしまった。王子の沼は深い。

クラスのみんなも嬉しそうに手を振ってくれているのが見えて、大きく手を振り返した。

「そういえば、お題はなんだったんですか？」

「…………」

王子は待機場所まで送ってくれて、「異性の友達」とかだったらいいな、なんて淡い期待を抱きながらそう尋ねてみる。

すると王子は無言のまま、繋いだままの手とは反対の手に握られていた紙を見せてくれた。

「……へ」

そこにはなんと【一番かわいいと思う相手】と書かれていて、口からは間の抜けた声が漏れる。

見間違いだろうかと目を擦ってみても、結果は変わらない。

「い、いちばんかわいい……？」

「…………」

とても信じられず、自分を指差しながら片言でそう尋ねる。すると王子はいつもと変わらない無表情のまま、こくりと頷いてみせた。どうやら本当らしい。

「ありがとう」

王子はそれだけ言うと、クラスのみんなの元へ向かっていく。

その場に残された私は金魚のように口をぱくぱくとしながら王子の背中を見つめていたけれど、はっと気付いてしまった。

「もしかして私が一番借りやすかったからでは……？」

うっかり勘違いをしそうになったものの、王子が私やテレーゼ以外の女子生徒と関わっているのを見たことがない。テレーゼよりも近くにいたし、きっとそうだろう。

それでも王子、危険すぎる。私でなければ恋に落ちていたに違いない。このお姫様体験は一生の思い出にしようと思いながら、私は感謝の気持ちを込めて両手を合わせた。

「次のグループ、準備をお願いします」

「あっ、はい！」

そうこうしているうちに、私の出番がやってきてしまった。

スタート地点に並び、合図と共に全力で走り出す。やはり足の速さで少し周りと差がついてしまったものの、この競技はまだまだ挽回(ばんかい)できる。

とにかく簡単なお題を――という願いを込めて、箱の中に手を突っ込む。

「…………」

そして縋るような気持ちで開いた紙の中身を見た瞬間、固まってしまう。本当に待ってほしい。

けれど周りは既に借り物をしようと走り出していて、迷っている時間はなかった。

私は紙を握りしめると、まっすぐに三年生の待機場所へ走り出す。

「ユリウス！」

「もしかして俺を借りに来てくれたの？」

最前列の席で私を見てくれていたらしいこと、今日も誰よりも目立っていたことでユリウスはすぐに見つかり、頷きながら右手を差し出す。

ユリウスは唇で弧を描くと立ち上がり、私の手を握り返してくれる。

「二人とも、頑張ってね」

アーノルドさんに見送られ、ぎゅっと手を握りながらゴールへ向かって走っていく。私が一番に借りられたようで、このままいけば一位は確実だろう。

ユリウスは私の一番走りやすいペースに合わせてくれていて、身体が軽い。

「さっきの、妬(や)けたな」

「えっ？」

「王子様に抱かれちゃってさ」

先程の王子のお姫様抱っこの件を言っているらしい。負けてられないな、なんて言いながら笑うユリウスの横顔は、何を考えているのか分からない。

やはりユリウスは人気で、あちらこちらから大きな歓声が上がる。最近では、私とユリウスの兄妹の組み合わせを推している人々もいるんだとか。

やがて私達は余裕の一位でゴールし、ほっと胸を撫で下ろした時だった。

「やった！　ユリウス、ありが――」

ユリウスの手が近づいてきたかと思うと、次の瞬間には頬に柔らかいものが触れる。

同時に「きゃあああ！」という悲鳴が、グラウンドに響き渡った。

「な、ななな……」

「一位の記念にと思って」

動揺して固まる私を他所に、王子様スマイルのユリウスは沸くギャラリーに手を振っている。

頬とは言え全校生徒の前でキスをされ、顔から火が噴き出しそうになった私はユリウスの手を掴むと、逃げるようにその場から走り出した。


やがて人気のない裏庭で、足を止める。連続で走ったせいか息が切れてしまいながら、私はきっとユリウスを見上げた。

「なんであんなことしたの？」

「したかったから？」

悪びれる様子もなく、ユリウスは首を傾げる。いちいち全ての仕草がずるくて、思わず「それなら仕方ないか」と言いそうになる。冷静になると、全然仕方なくない。

「これでさっきの王子様の、みんな忘れただろうし」

「………」

「ちゃんと上書きしておかないと」

本当に王子の件を気にしていたようで、嫉妬からの行動だったらしい。

——なんというか、ユリウスは本当に私のことが好きなんだなという感想を抱いてしまった。

この世界に来た頃の彼からは、とても考えられない。当時のユリウスならきっと、くだらないと鼻で笑うに違いない。そしてそんな変化を嬉しいと思ってしまう。

「俺達は仲の良い兄妹だと思われてるし、問題ないよ」

ユリウスはシスコンキャラが定着しているらしく、どんな美女にも靡かないのに妹にだけ甘くて溺愛しているというギャップにより、さらにファンが増えたらしい。

もう何をしたって人気が出るのではないかと、本気で思う。

「嫌だった？」

「あんな人前でするのはどうかと思う」

「人前じゃなきゃいいんだ」

ふっと笑うユリウスに、顔が熱くなった。

それでも告白が伝わらなかったあたり、私の気持ちはまだバレていないのかもしれない。

ユリウスは私の後ろの壁にとん、と手をつくと、更に距離を詰めてくる。

「そういえば、去年もここでこんなことあったよね」

「あっ……」

去年の体育祭では私を気に入ってくれたダレルくんという男の子に声をかけられ、一緒に散歩をしていたところ、ユリウスに見つかって怒られた記憶があった。

「あの時にはもう、レーネのこと結構好きだったのかな」

「えっ、嘘だ」

「そうじゃなきゃ、あんな苛立たないし」

まさかあんな序盤からユリウスが私に好意を抱いていたなんて、想像もしていなかった。

てっきりユリウスの言う「復讐」に利用するため、そしていきなり様子の変わった「おもしれー妹」くらいのポジションだと思っていたからだ。

「今はあの頃と比べ物にならないくらい好きだよ」

壁ドン状態でユリウスは物思いに耽っているけれど、落ち着かないので解放してほしい。

「うっ……」

壁に押し付けられていた手に、するりと指先を絡められる。

「早く俺のこと、好きになってね」

「……っ」

耳元で囁かれた私はもう、その場に座り込んでしまいそうになった。その辺の乙女ゲームの一億倍の破壊力があって、目眩がする。

間違いなく自分の武器を全て理解した上でやっているから、タチが悪い。

『これからは俺、本気出すから』

学園祭の告白の後、そう言われたことを思い出す。

どうやら本気で落としにかかられているけれど、残念ながら私はもう落ちているため、ただただ心臓に悪いだけだった。

そもそもユリウスにこんな風に言われて、落ちない女性はいないと断言できる。

思わず「もう好きだよ」と言ってしまいそうになりながら、私はユリウスを見上げた。

「わ、私が好きだって言ったらどうするの？」

「めちゃくちゃにしそう」

「め……？」

さらりととんでもない言葉が返ってきて、聞かなかったことにした。


その後はユリウスの出場するフェンシングが近づいているため、なんとか解放された。

手は繋がれたまま、グラウンドへと歩き出す。

「今更だけど、借り物競走に協力してくれてありがとう！　一位を獲れて本当に良かった」

「どういたしまして。俺のこと、一生返さなくてもいいよ」

「何で次から次へとそういうことが言えるの？」

やはり私にはユリウスはまだ早すぎる。

グラウンドが見えてきたところで、不意にユリウスが足を止めた。

「それで、お題は何だったの？」

「え、ええと……それはですね……」

色々あってすっかり忘れていたけれど、あのお題を素直に言えるはずもない。

あの紙はポケットの中でもうくしゃくしゃにしてあるし、絶対にバレることはないはず。

「き、きょうだい……ですかね」

「何それ、いない人だったらどうするんだろうね」

我ながら嘘が下手だと思いながらも、ユリウスはくすりと笑うだけ。

そして私の頭をひと撫でして、待機場所へ戻っていった。

フェンシングの一試合目を終えて観客席を見回すと、こちらを見ているレーネと目が合った。

笑顔で手を振ると、眩しい笑顔で「すごかったよ」と唇を動かす。

いちいち可愛いなと思いながらコートを後にすると、ぱちぱちと雑な拍手をするミレーヌに「お疲れ様」と出迎えられた。

ミレーヌは女子の方に出場する予定で、男女ともにフェンシングの優勝は堅いだろう。

「ユリウス様、よかったらこれ……」

「ごめんね。今は喉が渇いてないんだ」

ベンチに腰を下ろすと、すぐに名前も知らない女子生徒たちにタオルや水を差し出される。適当な笑顔で断っても、俺と言葉を交わせたことが嬉しかったのか、はしゃいだ様子で去っていった。

「相変わらず人気だこと。受け取るくらいしてあげればいいのに」

「怪しい惚れ薬だとか睡眠薬とか入ったもの、これまで何度渡されたと思う？」

「ふふ、美形も大変ね」

そもそも俺の容姿や肩書きにしか興味がないのだから、中身なんてどうだっていいはず。

「…………」

友人達と楽しげに話しながら体育館を出ていくレーネの姿を、じっと目で追う。最近は自分でもどうかしていると思うくらい、レーネへの想いが膨らんでいくのを感じていた。

「俺ってさ、望めば何でも手に入ったんだよね」

「でしょうね。ユリウスだもの」

「まあ、全て実力で手に入れてきたんだけど」

突然そう話し始めても、ミレーヌは表情ひとつ変えずに相槌(あいづち)を打つ。俺はミレーヌのこういう部分を気に入っていて、気安い関係だからこそ、長く付き合っていられるのだろう。

「だから、手に入らないと余計に欲しくなるのかもしれない」

「子供みたいだこと。でも、そういうユリウスは嫌いじゃないわ」

「……俺もだよ」

俺は幼少期ですら、子供らしいことなんて何ひとつしたことがなかった。普通の子供のように無邪気に遊ぶことも、感情を表に出すことさえもしなかった——許されなかった。

恋愛感情なんてものに振り回される今の自分を見たら、過去の俺はきっと嘲笑うに違いない。

「そもそも、こんなにも何かを欲しいと思ったのも初めてなんだけど」

「レーネも可哀想だわ。こんなしつこい男に捕まって」

そんな会話をしていると、見知った顔がこちらへ向かってくるのが見えた。

「あー、やっぱりユリウスの試合は間に合わなかったか」

走ってきたらしいジェレミーは、残念だと肩を落とす。体育祭の運営委員として朝から忙しそうにしていたものの、ようやく少し落ち着いたらしい。

ミレーヌの反対側の俺の隣に腰を下ろすと、大きく息を吐いた。

「最後の最後でこんな委員やらされて最悪だよ。ユッテの試合も見に行けなかったし……」

立候補者が出ず、くじ引きで委員を引き当ててしまったことを心底恨んでいるようだった。

レーネの友人の恋人とは順調らしく、たまに惚気話(のろけばなし)を聞かされることもある。

「借り物競走はジェレミーが担当だったんでしょう？　変わったお題ばかりで面白かったわ」

「そうそう、教師からはちょっと怒られたけど、どうせなら楽しくやろうと思ってさ。ユリウスも盛り上げてくれて助かったよ」

「自分のためだけどね」

頬にキスをした時のレーネの反応を思い出すと、口元が緩む。

あれだけ目立てば、去年のようにレーネに近づこうとする男は現れないだろう。

「でも、お前ばっかりレーネちゃんのことが好きだと思ってたんだけど違うんだな」

「どういう意味？」

「さっきの借り物競走だよ」

ジェレミーの言葉の意味が分からず、眉を顰める。

「もしかしてレーネちゃんが引いたお題、聞いてない？」

「…………」

レーネは「兄妹」だったと言っていたが、学園内に兄妹がいる人間など限られている。全員にあてはまらないものなどあり得るのだろうかと、違和感を覚えていた。

何も言わずにいる俺に、ジェレミーは続ける。

「実はレーネちゃんのお題、好きな人だったんだよ」

「は」

予想していなかった言葉に、戸惑いを隠せない。

背中越しにミレーヌの「まあ」という楽しげな声が聞こえてくる。

「かわいいよな、迷わずにお前のところに向かってってさ」

「…………」

ジェレミーは、俺とレーネの血が繋がっていないことを知らない。隠しているのではなく、あえて言うタイミングもきっかけもなかったからだ。

だからこそ、レーネが兄の俺に懐いているのだと、微笑ましげな視線を向けてくる。

「好きな人……」

レーネがそのお題を引いて、俺以外の人間の元へ行ったら、俺がどんな反応をするか分かっているからこそ、仕方なく選んでくれたのかもしれない。

だが本当に仕方のない理由だったとして、嘘をついてまで隠す必要があるだろうか。

「ユリウス、顔赤いわよ。かわいいわね」

「……黙ってくれないかな」

つい期待してしまっては、どうしようもなく嬉しいと思ってしまう。

こんなことで一喜一憂するなんて、本当に俺らしくない。

「ははっ、もう恋じゃん」

「血が繋がってないからね」

「なるほど、血が――ってマジ？　冗談だよな？」

「さあ？」

それからはやけに興奮した様子のジェレミーに質問攻めされながら、ミレーヌが相手を叩きのめす姿を観戦することになる。

惜しくも二位という結果でアーチェリーを終えた私は、グラウンドの一角で涙を流していた。

「姉さん！　ちゃんと見ててくれた？」

「瞬きもしないで見てたよ……グスッ……ルカ、本当にすごかった……」

「あはは、何で泣いてんの」

ルカが出る一年生の代表リレーを応援しにきたけれど、ルカは転んで最下位になってしまった女の子の分まで挽回し、見事に一位になったのだ。

後方姉面で活躍とドラマのような展開を見ていた私は、いたく感動してしまった。何よりルカがクラスメートに囲まれ、喜ぶ姿にも胸がいっぱいになった。

どうかルカにもこの学園生活が大切で、思い出に残るものになってほしいと心から思う。

「あ、そうだ！　体育祭が終わったら、頑張ったルカをどこでも好きな場所に連れてってあげる！　欲しいものでも何でもいいよ」

前世で寂しい思いをしていた私は去年、ユリウスにそう言ってもらえて嬉しかった。ルカにもそんな家族らしいことをしたいという気持ちで提案すると、ルカはぱちぱちと桃色の瞳を瞬く。

やがて私の手を握ると、ルカは子供みたいに笑う。

「ありがとう、残りも頑張れそうだ。絶対だよ？　約束だからね」

「うん！　約束」

嬉しそうに小指を差し出してくるルカも喜んでくれているようで、つられて笑みがこぼれる。

やっぱりルカはかわいくて、よしよしと撫でていた時だった。

「あら、お姉様じゃない」

視線を向けると銀色のジャージに身を包んだジェニーの姿があって、顔を顰めてしまう。その後ろにはいつもの取り巻きも控えている。

ジェニーは私とルカを見比べると、はんと鼻で笑った。

「今度は新入生に手を出しているんですね。本当に男好きだこと」

そういえば、ジェニーもルカが弟だということを知らないままだった。一応は家族だし、ウェインライト伯爵家の闇を内緒にしたいのは同じだろうから、言いふらすこともないだろう。

「何こいつ、誰?」

話してもいいかなと思っていると、ルカが私の服をくいと引っ張り、怪訝な面持ちをしていた。

「実は妹なんだ」

「あいつの妹ってこと?」

「それもまた違いまして……」

話せば長くなると伝えると、ルカは「ふうん」と言って、ジェニーへ鋭い視線を向ける。

「何よ、お姉様の肩でも持つ——」

「黙れよブス」

「え」

ルカの突然の暴言にジェニーはぴしりと固まる。私もまた、かわいいルカの口から汚い言葉が飛び出したことに、びっくりしていた。

ジェニーは「ぶす……?」と震える声で反復している。ジェニーは超絶美少女だし、ブスなんて言われたのは生まれて初めてだったのかもしれない。

ショックを受けている様子だったけれど、少しの後、きっとこちらを睨んだ。

「わ、私のどこがブスなのよ！　目がおかしいんじゃない！」

「性格ブスって言ってんの。せっかく綺麗な顔してんのに、もったいない」

「えっ……」

ルカの言葉に、戸惑った様子のジェニーの頬が、じわじわと赤く染まる。

私もまた、ルカの予想外の言葉に困惑していた。

「ほら、そういう顔の方がかわいいじゃん」

「なっ……も、もう知らない！」

やがてジェニーはそう言うと、ぱたぱたと駆け出し、去っていく。普段のツンツンした高飛車な態度とは違い、年相応の乙女のような反応に呆然とするほかない。

あっさりとジェニーを追い払ったルカの対応にも、舌を巻いてしまう。

「姉さん、大丈夫だった？　いつもあいつに虐められてるの？」

「だ、大丈夫だよ！　ありがとう」

私の顔を覗き込むルカに心配をかけたくなくて、慌てて笑顔を向ける。

するとルカはジェニーの背中を見ながら、呆れたように口角を上げた。

「ああいうお高く止まった女って、意外とちょろいんだよね。あんまり刺激したら姉さんをまた攻撃するかもしれないから、適当に転がしておいたけど良かった？」

「こ、転が……？」

前髪をかき上げながら話すルカに、先程までのかわいい弟の姿はない。もはや私が姉と名乗っていいのか不安になるくらい、大人びている。

これまで一体、何人の女の子を泣かせてきたのだろう。

もうどれが本当のルカなのか分からないけれど、全てひっくるめて推していこうと思う。

「誰かに嫌なことをされたら、これからは俺が守ってあげるからね」

「生まれてきてくれてありがとう」

「うん、変な姉さんも好きだよ」

ルカの沼に完全に沈まされた私はもう、その存在に感謝することしかできなかった。


それからは二年生の代表リレーが行われ、吉田やテレーゼの活躍により、我が1組は見事に一位という結果を残した。

「レーネちゃん、やったね」

「うん！　みんな本当にすごかったもん」

「お前も頑張ってたじゃん」

同時に優勝も確定し、抱き合って喜びを分かち合う。

みんなで楽しく参加することに意義があるものの、やはり結果に繋がるのは嬉しい。そして体育祭の結果は次のランク試験で加点されるため、とても助かった。

「吉田、泣かないで」

「これは汗だ、バカ」

そう言いながらもタオルを受け取ってくれる吉田の走る姿は、すごく格好良かった。周りにいた女子生徒もみんな黄色い声を上げていて、何故か私が誇らしい気持ちになった。

最後は三年生の代表リレーで、全校生徒が見守る中、ユリウスはアンカーとして走り、二位と圧倒的な大差をつけて一位でゴールした。

本当にユリウスはどこまでも眩しくて、私よりもよっぽど主人公みたいだ。

「……本当、ずるい」

そんなユリウスがゴールした瞬間、私の方を見て微笑むものだから、珍しくピンチ以外の場面で自分がヒロインみたいだと思ってしまった。

◇◇◇

優勝を祝う打ち上げは後日しようと約束して、帰路についた。新しいクラスメートとも距離を縮めるきっかけになり、本当に楽しかった。

お風呂に入って汗を流した後、私はいつものようにユリウスの部屋を訪れていた。

「お疲れ様、大活躍だったね！　かっこよかった！」

結局フェンシングも個人優勝しており、できないことがあるのかと本気で思ったくらいだ。

ちなみにミレーヌ様も女子フェンシングで優勝していて、憧れる気持ちが止まらなくなった。

「本当？　レーネに良いところを見せたくて出たんだけど、正解だったな」

その思惑通り、今回の体育祭はユリウスへの恋心が大きくなったイベントだったように思う。

あとは誕生日の告白を成功させるだけだと思うと、なんだか緊張してくる。

「来年に備えて、私も何か練習しておこうかな」

「剣術に関しては二年後期の授業でも役に立つからね。来年の体育祭もちゃんと見に行くよ」

見に行くよというどこか他人事な言葉に引っ掛かりを覚えた私は、気付いてしまう。

「……そっか、来年ユリウス達はいないんだ」

当たり前のことだというのに、いつまでもこんな日々が続く気がしていた。

ユリウス達三年生が卒業するのを想像するだけで、寂しくて目頭がつんと熱くなる。

「どうしよう、卒業しないでほしい」

「いいよ。留年するから来年は同級生になれるね」

「ごめんやっぱり卒業はして」

ユリウスなら本気でやりかねないから怖い。

けれど私自身、この学園での生活はあと一年と数ヶ月しかない。そう思うと寂しくて、まだ先のことだというのにやはり泣きそうになってしまう。

それくらい私にとって、この学園生活はかけがえのないものになっている。転生した当初の目標であるキラキラ学園生活だって、とっくに達成していた。

「何か考えごと？」

「最終回みたいな気分になっちゃって……」

「あはは、何それ」

それでも私の学園生活も恋も、まだまだこれから——とまで考えたところで、余計に打ち切りみたいになってしまい、慌てて首を左右に振る。

とにかく今はバッドエンドを迎えずに卒業するという、目標どころか使命があるのだ。これからも努力を重ねながら、大好きな友人やユリウスとの日々を一日一日大切に過ごしていきたい。

「でも、これでしばらくイベントはないよね？」

去年は体育祭の後に宿泊研修があったけれど、一年生に限る。ユリウスの誕生日パーティーを終えれば、後は夏休みまで大きなイベントはない。

秋の音楽祭や学園祭までは勉強に専念できるはず、と思っていたのに。

「今年は音楽祭の代わりに夏休み明け、パーフェクト学園との交流会があるよ」

「交流会……はっ」

以前、パーフェクト学園に通う俺様な従兄弟セシルから、そんな話を聞いた記憶がある。

二年に一回ハートフル学園にて、魔法の技術を競い合うんだとか。そしてその交流会が行われるのは私達が二年生の年――つまり今年だったことを思い出す。

「つまり、セシルやアンナさんがハートフル学園に来るってこと……？」

すっかり油断していたところで、とんでもないカロリーのイベントが待ち受けていたとは。

「セシルは確実に来るだろうね」

「そういえば、首席入学でSランクだもんね」

交流会に出場するのは各学年の成績上位者と、ランダムで選ばれた一部の生徒だけだという。

成績上位者だけではないあたり、なんちゃってヒロインの私も参加することになりそうで、既に嫌な予感しかしない。

夏休みが明けるとすぐに練習も始まり、忙しくなるらしい。センチメンタルな気分になっている暇もない相変わらずのイベント大渋滞っぷりに、笑ってしまう。

「まあ、今日のところはゆっくり休もう。一緒に寝る？」

「結構です」

——大好きなユリウスや友人達と一緒なら、何だって絶対に楽しいものになる。

そんな確信を抱きながら、私はこれから先の日々に胸を弾ませた。

最初で最後の告白を

自室のベッドの上で寝転がり、足を揺らしながらぱらぱらとカタログを捲る。

「あ、これかわいいかも」

貴族令嬢なら本来、紅茶でも飲みながら優雅に見るべきなのだろう。

完全に伯爵令嬢としてはアウトな体勢だけれど、一人きりの空間ではどうか許してほしい。

私が普段それなりに貴族らしい振る舞いができているのは、身体に染み付いているからだ。それも全て元々平民だったレーネが頑張った結果だと思うと、抱きしめたくなった。

そんな中、ノック音がして声を掛けると、ユリウスが室内へ入ってくる。

「なに見てるの？」

側へやってきたユリウスは当然のように隣に寝転がり、私の手元へ視線を落とす。

「ドレスのカタログだよ」

「珍しいね。何か欲しいものでもあるの？　買ってあげようか」

「ユリウスの誕生日パーティーで着るドレスが欲しくて」

別に隠すことでもないし正直に答えると、ユリウスはアイスブルーの両目を瞬いた。

「それくらい、今年も俺が用意するよ」

「よく考えると去年がおかしかったんだよ。誕生日の主役に用意してもらうなんて」

「俺がレーネにプレゼントしたいだけだから、気にしないで。まだ何の準備もしてなかったけど、そろそろ行動し始めないとな」

溜め息を吐いたユリウスは、去年の誕生日パーティーも常に忙しそうだった。去年の私は巻き込まれるような形で何もできなかったけれど、今年は少しでも力になれたらいいなと思う。

「誕生日なんて面倒なだけだし、なくていいのに」

「…………」

ユリウスが何気なく発したそんな言葉に悲しくなって、胸が締め付けられる。

もしかするとユリウスは、誕生日に良い思い出がないのかもしれない。

けれど私は大好きなユリウスが生まれてきてくれた日を大切にしたいし、ユリウスにとってもそうであってほしいと思ってしまう。

結局、私のドレスも靴もアクセサリーもユリウスが用意すると言って聞かず、お願いすることに対に喜んでもらえる品を準備しようと、改めて気合を入れた。

私の誕生日を素晴らしいものにしてくれたというのに、そんな訳にはいかない。プレゼントは絶
「レーネちゃんは当日、俺の側にいてくれるだけでいいから」
なってしまった。何でも、良い案を思いついたんだとか。

そして迎えたユリウスの誕生日当日、ウェインライト伯爵邸の別館ホールにて、私は早鐘を打つ心臓の辺りを押さえ苦しんでいた。

いよいよ今日ユリウスに告白をすると思うと、数日前から緊張が止まらない。

「ど、どうしよう……緊張して心臓を吐き出しそうです」

「それは大変だね。出てきたら俺が食べてあげる」

「アーノルドさんのお蔭で冷静になれました、ありがとうございます」

グラス片手に笑顔で恐ろしいことを言ってのけるアーノルドさんのお蔭で、一瞬にして落ち着くことができた。私の隣に立っているアーノルドさんは去年同様、招待客の一人だ。

ユリウスは今、少し離れた場所で父と共に招待客と話をしている。

『ごめんね、呼ばれたから行ってくるよ』

『私は一緒にいなくていいの？　去年は無理やり隣に居させてたのに』

『あの時はごめんね。今はもうレーネに余計な負担をかけたくないから』

そんなやりとりがあり、私はアーノルドさんといるように言われてしまった。ユリウスの変化に色々と複雑な気持ちになりつつ、少しでも穏やかに過ごせることを祈るばかりだった。

「あら、二人ともここにいたのね」

「ミレーヌ様！」

やがて青いドレスに身を包んだミレーヌ様がやってきて、その美しさに目がちかちかした。

正装姿のアーノルドさんと並ぶと余計に輝いて見え、直視できなくなる。

二人は辺りの人々の視線をかっさらっており、芸能人や海外スターってこんな感じなんだろうなという感想を抱きながら二人を見上げた。五時間ぐらいは軽く眺めていられる気がする。

「相変わらず、すごい人ね。伯爵の誕生日の時よりも主要貴族が参加しているじゃない」

「そうなんですか？」

「ええ。ユリウスは注目されているもの。お蔭で人の波が途切れないから、私もまだユリウスと話ができていないのよね」

私はまだ社交界や貴族について詳しくないけれど、ミレーヌ様によるとユリウスと懇意になろうとする人は後を絶たないらしい。

この国の筆頭魔法使いであるエリク様にも目をかけられていて、卒業後の進路にも注目されているんだとか。そういえば卒業後の話についても、聞いたことがないことに気付く。

やはり私はユリウスについて知らないことが多くて、少しだけ寂しい気持ちになる。

「それにしても今日のレーネ、とてもかわいいわ。そのドレス、よく似合ってる」

「ありがとうございます。ユリウスがプレゼントしてくれたんです」

私が今着ているドレスは、ワインレッドの生地に金糸で美しい刺繍が施され、幾重にも細かなレースが重ねられた華やかで豪華なものだ。

首元やドレスの中心には大きなアメジストが輝いており、この世界のファッションに疎(うと)い私でもとても贅沢で高価な品だというのが分かる。

今朝ユリウスに渡された時には、あまりにも素敵でしばらく見惚れてしまったくらいだ。

「こんなに可愛いんだもの、たくさんの男性から声をかけられなかった？」

「それが、全く……」

ユリウスと別れてアーノルドさんと合流するまで私は一人で会場を歩いていたけれど、異性から声をかけられることは一切なかった。

不思議そうに首を傾げるミレーヌ様の肩に、アーノルドさんがぽんと手を置く。

「あはは、ユリウスに会えば分かるよ」

「俺が何だって？」

同時に耳元でそんな声がして、ユリウスに後ろから抱きつかれていた。もう父達との話は終わったらしく「だるかった」と溜め息を吐く。

「……アーノルドの言葉の意味が分かったわ」

ミレーヌ様はユリウスの服へ視線を向け、眉尻を下げて笑っている。

「本当に独占欲の塊(かたまり)みたいな男ね」

「ありがとう」

「褒めてないわよ」

そう、今日の私とユリウスの服装は同じ生地、色合いを使ったものだった。ユリウスのコートは白と黒がメインだけれど、裏地などは私のドレスと同じ色だ。

首元のジャボの中心で輝くアメジストも私と同じで、誰がどう見てもペアだった。

「ユリウスがここまで可愛がっている妹に、堂々と声をかけられる男なんて限られているものね」

「そうだね、公爵令息くらいじゃないかな」

「その辺りには直接釘を刺しておいたから、問題ないよ」

ユリウスは笑顔でそう言ってのけ、ミレーヌ様は「本当よくやるわ」と呆れている。

「そ、そうだったんだ……」

ジェニーがあちこちから声を掛けられているのを見かけていたし、よっぽど私は貴族の間で受けない容姿なのかな、なんて考えていたのだ。まさかそんな理由があったとは思わなかった。

「他の男に声を掛けられなくて残念だった？」

「い、いえ全く！　どうでもいいです！」

「それなら良かった。俺もレーネ以外はどうでもいいよ」

ちなみに私は満足げに笑うユリウスを、ついさっきまでまともに見られなかった。正装姿の規格外の格好良さに、ドキドキしすぎて心臓が破裂しそうになっていたからだ。

これまで何度も見てきたはずなのに、こんなにもときめいてしまうのは、今の私には育ちきってしまったユリウスへの恋心があるからだろう。本当に恋というものは人を変えるらしい。

ぎこちなく目線を逸らす私に、ユリウスが気付かないはずもなく。

『レーネのために着飾ったのに。ちゃんと俺を見て』

『本当に許して目が潰れる心臓が爆発する』

会場に入る直前まで、顔を掴まれ至近距離で見つめ合うというショック療法を経て、今に至る。

近くでじっくり見てもユリウスの顔は文句ひとつ付けようがないくらい綺麗で、最終的には芸術品を眺めているような気持ちになり、落ち着くことができた。

「ユリウスももう十八歳か。あんなに小さかったのにな」

「お前は俺の何なの？」

「でも、今の方がかわいいわよね。人間らしくて」

「うるさい」

三人のやりとりからは本当に仲が良いのが伝わってきて、笑みがこぼれる。

実は私の友人達を呼ぶことも提案したけれど、ユリウスは「色々と気を遣わせたくないし、嫌な大人がたくさん来るから」と言い、別の機会にまた屋敷に招きたいそうだ。

ちなみに従兄弟のセシルやソフィアにも、今年は来なくていいと言ったらしい。二人からは「面倒だったからありがたい」「こっちのも来なくていい」という旨(むね)の返事が来たんだとか。

「ユリウス様、少しよろしいでしょうか？」

「はい」

「ごめんね、また少し――レーネ？」

そうしてこの場を去ろうとするユリウスのコートを、引き止めるように掴む。

「やっぱり迷惑じゃなかったら、私も一緒に行きたい」

去年と変わったのは、ユリウスだけじゃない。あの時は嫌々隣に立っていた私だって、今はユリウスの側にいたい、一緒にいたいと思うようになった。

マナーだって勉強したし、招待客のリストだってしっかり頭に叩き込んできた。

私の言葉にユリウスは一瞬、驚いた表情を浮かべたけれど、やがて嬉しそうに微笑んだ。

「迷惑なはずがないよ。ありがとう、すごく嬉しい」

「それなら良かった」

アーノルドさんとミレーヌ様にまた後でと声を掛け、私はユリウスと共に歩き出した。


会場に流れる音楽が変わり、いつの間にかパーティーも終わりに近づいていることを知る。

隣に立つユリウスも気が付いたらしく、私に手を差し出す。

「俺と踊っていただけますか？」

「もちろん」

ユリウスに差し出された手を取り、会場中の人々の視線を感じながらホールの中心へ向かう。

流れ始めた音楽に合わせてステップを踏み始めてすぐ、ユリウスは切れ長の目を見開いた。

「レーネ、すごく上手になったね」

「分かる？　実はね、猛練習したんだ」

去年はいきなりパートナーとしてダンスをさせられ、レーネの身体に残っていた感覚と、ユリウスのリードに身を任せることしかできなかった。

けれど、これから先もレーネとして――貴族令嬢として生きていくのだし、もうすぐ社交界デビューを迎える以上、ダンスは避けては通れない。

何より少しでもユリウスに近づきたい、釣り合うような人になりたいという気持ちもあって、私は体育祭後から血の滲むような練習をしていたのだ。

「全然気付かなかったな。誰と練習したの？」

「テレーゼと吉田だよ」

今回は侯爵令嬢であり貴族令嬢の鑑のようなテレーゼに指導をお願いし、ユリウスから絶大な信頼を置かれている吉田に相手役をお願いした。

吉田も平民から貴族になったため、今回の練習はありがたいと快諾してくれた。

『レーネ、姿勢が悪くなってきてる。もっと背筋を伸ばして』

『は、はい！』

『無駄が多いわ。動きを大きくすればいいというものではないの』

『分かりました！』

スパルタ指導をしてくれたお蔭で、短期間でかなり上達することができた。ついでに吉田とのシンクロ率も上昇したように思う。

そんな話をすると、ユリウスは楽しげに笑ってくれた。

「ありがとう」

「ううん。それに私もこれから先、ダンスを踊れないと困るし」

「でも、俺以外とは踊らないでね」

「うん？　いやでも、付き合いとかで必要だってテレーゼが……」

「踊らないでね」

「ハイ」

猛特訓のお蔭でミスもなく私もダンスを楽しむ余裕ができ、ユリウスはダンスまで恐ろしく上手いんだなと実感した。踊っている姿は王子様みたいで、誰もが見惚れているのが分かる。

そうして無事に、ユリウスの十八歳の誕生日パーティーは幕を閉じたのだった。

しかしながら、私にとっての本番はここからで。招待客の見送りを終えたユリウスを別館の三階バルコニーに呼び出していた。

美しい夜景も星空もよく見えて、シチュエーションとしては完璧だろう。

「こんなところに呼び出して、どうしたの？」

「二人で話がしたくて。今日はお疲れさま」

「こちらこそ。レーネがいてくれたお蔭で、憂鬱(ゆううつ)なパーティーも楽しめたよ」

そう言ってもらえたことに安堵しつつ、私は深呼吸をひとつすると、ユリウスに向き直った。

「ユリウス、誕生日おめでとう」

「改まって言われると、少し照れるね」

「分かる」

顔を見合わせて笑い合い、私は用意していたプレゼントである小さな箱を取り出す。

そしてユリウスに差し出した。

「これ、誕生日プレゼントです」

「ありがとう、嬉しいな。開けてもいい？」

「どうぞ」

私が頷くと、ユリウスは小箱を開ける。

その中身を見た瞬間、形の良い唇からは笑みが消えた。

「——え」

ユリウスの視線の先には、ダイヤのついた同じデザインの二つの指輪が並んでいる。

指輪を見たまま黙り込むユリウスに、私は続けた。

「それね、ユリウスと私のお揃いなんだ。一緒につけたいなって思って」

プレゼントは本当に本当に、たくさん悩んだ。

ユリウスが一番喜ぶものは何だろうと必死に考えて、その結果がペアリングだった。デザインも宝石も私が選んだオーダー品で、世界にこの二つしかないものだ。

ぎゅっと手のひらをきつく握りしめ、唇を噛んでユリウスの反応を待つ。ユリウスにまで聞こえてしまうのではないかというくらい、心臓は早鐘を打っている。

「……こんなの、勘違いするんだけど」

少しの後、聞こえてきたユリウスの声は、彼らしくない小さな掠れたものだった。

――流石の私だってお揃いの指輪を贈ることが特別だってことくらい、分かっている。

だからこそ、これを選んだのだから。

もう一度だけ深呼吸をすると、小箱を持つユリウスの手を両手で包み、ユリウスを見上げた。

「ユリウス、大好きだよ」

アイスブルーの瞳が、揺れる。

どうかこの胸の中にある私の気持ちが少しでも伝わりますようにと、大切に言葉を紡ぐ。

「この好きは、ユリウスと同じ好きだよ。一人の男の人として、私はユリウスが好き」

――最初は何を考えているか分からなくて、ただの意地悪な兄だと思っていた。

けれど少しずつ少しずつユリウスのことを知って、優しさや愛情に触れて、ユリウス・ウェインライトという兄を私は家族として好きになっていた。

けれど家族愛はいつしか恋情に変わり、今ではその気持ちがこんなにも大きくなっている。

『好きだよ、レーネ』

『俺の一世一代の告白だよ。俺は一生、レーネ以外を好きにならない』

『レーネだけが特別で、大切なんだ』

ユリウスからもらった言葉を、気持ちを、私も返したい。

けれど私はきっとユリウスみたいに上手く言えないから、指輪にも思いを込めた。生半可(なまはんか)な気持ちで告白したわけじゃないと、伝えたかった。

「私、人生で一度きりの告白のつもりなんだ。指輪を誰かに贈るのだって、最初で最後だよ」

もはやプロポーズだと思いながらも、この気持ちに嘘はない。

そんな想いを胸にユリウスをまっすぐ見つめると、ユリウスは唇をぐっと噛む。

「────」

そして気が付けば私は、ユリウスに抱き寄せられていた。

「……好きだよ。どうしようもないくらい、レーネが好きだ」

その言葉が耳に届いた瞬間、視界がぼやけた。

同時に自分が不安を抱いていたことにも気が付く。ユリウスに好かれていると分かっていても、告白をするのは怖くて仕方なかったのだと。

「大好き」

「私もだよ」

「……ごめん、好きしかもう出てこない」

その言葉が一番、ユリウスの喜びが伝わってきて、私の気持ちもちゃんと届いたのだろう。

嬉しくて安心して、肩の力が抜けていく。

そのままユリウスに体重を預けると、よりきつく抱きしめられた。

「だめだ、本当に嬉しい。多少は異性として好かれてる気がしてたけど、告白までしてもらえるとは思ってなかったから」

「多分、ユリウスが思ってるよりもずっと好きだと思うよ」

「少し泣きそう」

「ふふ」

いつだって余裕たっぷりなユリウスのこんな姿を見られるのは、きっと私だけだ。そう思うと余計に愛しさが込み上げてきて、私も背中に回す腕に力を込めた。

「いつから俺のこと、好きだったの？」

「はっきり自覚したのは誕生日の時かな、でももっと前から好きだったと思う」

誕生日の夜の「大好き」も告白のつもりだったと話すと、ユリウスは大きな溜め息を吐いた。

「……もったいないな」

「もったいない？」

「人生のうちレーネの恋人でいられる日数を損したなって」

「なにそれ」

笑ってしまいながらも、私はあの日失敗して良かったと思っている。今こうして、自分の気持ちをしっかりと伝えられる告白ができたのだから。

そしてふと、ひとつのワードに引っ掛かりを覚えた。

「こ、恋人……」

「違った？」

「い、いえ！　そうだと思います！」

両想いでお互いに好きだと伝えたのだから、恋人関係になることは分かっている。

それでもなんだか落ち着かなくて、ものすごく照れてしまう。

「じゃあ今日から恋人ね」

「うっ……」

これ以上の甘い空気に耐えきれそうになかった私は「そうだ」とユリウスから離れた。

「指輪着けてみようよ！　私が嵌めてあげる」

「ありがとう。それにしても男前すぎない？　俺がしたかったことも先越されちゃったんだけど」

困ったように笑い、ユリウスは小箱から小さな指輪を取り出す。

「先に俺からレーネに着けさせて」

「じ、じゃあお願いします。右手はもう指輪が着いてるから、左手になっちゃうんだけど……」

私の右手の薬指には宿泊研修からずっと嵌まったままの呪いの指輪があるため、自然と左手の薬指になってしまう。アンナさんはレアアイテムと言っていたけれど、未だに謎に包まれている。

ゆっくりと優しい手つきで、指輪が指先から通されていく。

なんだか結婚式みたいで恥ずかしいと思っていると、ユリウスは柔らかく目を細めた。

「ちゃんと責任は取るから」

「……っ」

ユリウスも本当に私とこの先ずっと一緒にいてくれるつもりだというのが、熱を帯びた瞳から伝わってきて、心臓がぎゅっと締め付けられる。

自身の薬指で輝く指輪を見ていると、多幸感が全身に広がっていくのを感じた。

私も小箱から指輪を取り出し、ユリウスの綺麗な指にそっと嵌める。

「わあ、良かった！　ぴったり――」

ほっとしたのも束の間、ユリウスが真剣な表情で私を見つめていることに気が付いた。

「ユリウス？」

「……俺、本当にもう一生離してあげないよ。レーネに他に好きな男ができたとしても、絶対に」

「もう、そんな日は来ないから安心して」

「浮気したら、相手を殺すから」

「私の話、聞いてた？」

ユリウスには時間をかけて伝えるとして、私の中にはこの先、ユリウス以上の人なんて見つからないという確信があった。

こんな風に誰かを好きになることだって、きっとないだろう。

それからユリウスは指に嵌められた指輪を眺めていたけれど、やがて顔を上げた。

「ねえ、キスしてもいい？」

「えっ」

縋るような眼差しを向けられ、これまでのものとは違うと察してしまう。

「そ、そういった接触は、もう少し待ってもらえたら……」

プロポーズまがいのことはしたものの、まだそこまでの心の準備はできていない。もちろん嫌ではないと必死に伝えれば、ユリウスはくすりと笑う。

「分かった。じゃあこれだけ」

「……っ」

そして、私の頬に軽く唇を押し当てた。ユリウスの声音も手つきも、何もかもが今までよりもずっと優しくて甘くて、ふわふわする。

本当に両想いになったのだと実感して、恥ずかしくてくすぐったくなった。

「わっ」

不意にユリウスに抱き上げられ、慌ててしがみつく。顔と顔が近づき、大好きなアイスブルーの瞳と視線が絡んだ。

「ありがとう。レーネのお蔭で、人生で一番幸せな誕生日になったよ」

眩しい笑顔からは、ユリウスが心からそう思ってくれているのが伝わってくる。

先日の「誕生日なんてなくていい」という言葉を思い出し、嬉しくてまた少し涙腺が緩んだ。

それでも涙を堪えて、めいっぱい幸せな笑みを返す。

「良かった！　毎年、一緒に一番を更新していこうね」

するとユリウスは一瞬、切れ長の目を見開いた後、眉尻を下げて微笑んだ。

「……レーネのそういうところを、俺は好きになったんだろうな」

――来年も再来年もずっとずっと、ユリウスにとって誕生日が特別なものであってほしい。

そんな思いを胸に、私はユリウスに思い切り抱きついた。

第十二章
恋と友情編

それぞれの初恋

「ねぇ、レーネちゃん。いい加減にこっち向いてくれないかな」

「……も、もうちょっとだけ待ってください」

ユリウスの誕生日パーティーの翌日、日曜日の昼。

私は自室のソファの上でクッションを抱きしめ、ユリウスに背を向けて丸くなっている。

――そう、ユリウスに告白をして、恋人という関係になったところまでは良かった。

けれど改めて色々と思い返すと、私もかなり大胆なことを言っていた気がして、無性に恥ずかしくてソワソワして仕方ない。

ユリウスもユリウスで、かなり甘い時間を過ごした気がする。

「せ、責任とるって……」

あの時は私も必死だったし、謎のハイ状態になっていたように思う。

けれど朝の寝起きローテンションで冷静すぎる今、なんというか「ああああ」と叫びたくなってしまう。よくこれであんなにしっかり告白できたなと、自分を褒めてあげたい。

「えっ……私とユリウスって……こ、恋人なの……？」

左手の薬指で輝く指輪が、昨日の全てが現実なのだと教えてくれた。

私に恋人が存在するという事実、不思議で違和感がありすぎる。

前世でも恋愛経験がゼロの私にとっては、天地がひっくり返るような出来事だった。

乙女ゲームをこれまでたくさんプレイしてきたけれど、私は基本ＦＤ（ファンディスク）――本編のハッピーエンド後の番外編などはやらないタイプだった。

だからこそ、恋人関係になった後に何をどうするのか、よく分かっていない。

その上、相手が誰よりも美しい完璧なユリウス・ウェインライトという人だというのも、よく考えなくてもすごいことだ。

そして昨日の己のプロポーズまがいの告白や指輪を着け合ったこと、頬にキスされたことを思い出すともう、顔から火を噴き出しそうになる。

「あああ、うわああ……」

吉田にもらったクマのぬいぐるみを抱きしめ、じたばたともがくように足を動かす。

メイドのローザが朝食の時間だと呼びに来てくれたけれど、胸がいっぱいで食欲も湧かない。

今日はいらないと伝えたところ、日頃三食きっちりたくさん食べる私を知っている彼女は、どこか具合が悪いのではないかと医者まで呼ぼうとして、冷や汗をかいた。

そんなこんなでベッドから出てローザに身支度を頼んだのは、昼前になってからだった。

「どこかお出かけでもされる予定なんですか？」

「そういうわけではないんですけれども……」

女子力の低い私は普段屋敷の中で、楽さを重視した適当スタイルでいることが多い。

けれど今日はつい、ユリウスに少しでも良く見られたいという乙女モードになってしまい、可愛いドレスを選んで丁寧に髪も結い上げるようお願いした。

その結果、ローザはそう思ったらしく、余計に恥ずかしくて叫び出したくなる。

そうこうしているうちに、ユリウスが部屋へやってきてしまった。

「レーネが食事を抜くなんて珍しいから、どこか具合でも悪いのかなって心配になって」

「だ、大丈夫です。超元気です」

「なんか変じゃない？　何でそんな首が痛そうな不自然な方向向いてんの？」

やばい、これは本当にやばい。元々眩しいお顔だというのに恋人補正がかかっているのか、今日はいつもよりも輝いて見える。目が潰れそうだ。

その結果、かなりギリギリの角度まで顔を逸らしてしまった。

今の私はどう考えても様子がおかしい。

「とりあえず座ろっか。おいで」

ユリウスは私の手を取ると、そのままソファへ向かって歩いていく。こんなのだっていつも通りなのに、今日は手の体温や指先の感触まで気になって仕方ない。

たった一日で世界が変わってしまったような感覚がして、落ち着かない。

ユリウスはローザにお茶を用意するよう頼むと、すぐに下がるよう命じた。

「レーネの好きなお茶だよ。飲まないの？」

「い、いただきます……」

そっとティーカップを手に取って一口飲む間も、ユリウスから強い視線を感じる。

大好きな紅茶の味も分からず、ぷるぷるとソーサーに置く。

「ねえ、何で俺の方を見ないの？」

足を組みこちらに身体を向けているユリウスに、どきりとしてしまう。

「俺達、恋人になったんだよね？」

「うっ」

改めて言葉にされると猛烈に実感が湧いてきて、顔が熱くなる。

「俺、いちゃいちゃしに来たんだけど」

「げほっ、ごほっ……いちゃ……え……？」

逃げ場を求めて再びティーカップに口をつけた瞬間、そんなことを言われ、思わず放り投げそうになった。目と目を合わせることすら困難なのに、求められているハードルが高すぎる。

とはいえ、私の挙動不審さも大概で、このままではユリウスに嫌な思いをさせてしまうと思い、恥を捨てて正直に言うことにした。

「ごめんなさい！　恋人になったのを意識しすぎて恥ずかしくて、まともに顔を見られません！も、もちろんユリウスのことは好きです！」

座った状態で頭を下げながら、胸の内をぶちまける。

すると直後、ユリウスの笑い声が室内に響いた。

「あはは、かわいすぎない？　そんな気はしてたんだけど、そこまでストレートに言われるとは思わなかったよ」

恥ずかしさはあるものの、不快になることはなかったようでほっとする。

「俺、レーネの正直なところがやっぱり好きだな」

「愚か者ですみません……」

「いいよ、ちゃんと俺のこと好きって言ってくれたし。俺も昨日の出来事が都合の良い妄想だったらどうしようって、不安になってたんだ」

ティーカップを手に困ったように微笑むユリウスが、そんなことを思っていたなんて私は想像もしていなかった。

「なんか、意外だった。ユリウスもそんなことを気にしたりするんだね」

「初恋だからね」

「……っ」

いちいち破壊力が強すぎて、胸の辺りを押さえてしまう。

恋愛、心臓への負担がありすぎる。

「ゆっくり進んでいこう？　俺はレーネが好きだって言ってくれただけで嬉しいし」

「あ、ありがとう……」

そう言ってもらえて安堵しつつ、今後は私なりのペースで頑張っていこうと誓った——けれど。

それからしばらく一緒に過ごしたものの一向にドキドキは収まらず、冒頭に至る。

「やっぱり寂しいんだけど、もう少し構ってほしいな」

「しりとりくらいなら……」

「健全すぎない？」

二次元にしか恋をしたことがないまま二十歳を超え、色々と拗らせてしまっている以上、なかなか難しいもので。心の底から申し訳ないとは思いつつ、今日だけはどうか許してほしい。

「じゃあもうこっち向かなくていいから、抱っこさせて」

「だっこ」

「そ」

私が返事をする前に、ユリウスは私の身体に腕を回し、ひょいと抱き上げた。

「ま、待って」

「無理」

ユリウスの膝の上に座る体勢になっており、後ろから抱きしめられる。確かに顔は見ずに済んでいるけれど、間違いなくそれよりも恥ずかしい。

「……あー、ほんと好きだな」

後ろから肩に顔を埋められ、そんなことを呟かれてはもう、限界だった。

ユリウスの呼吸、指先まで全てが気になって、全身が熱を帯びていく。

これまでだって好きと言われたことも、こうして抱きしめられたことも何度もあったけれど、今までとはやっぱり違う。

関係に名前が付くだけでこんなにも変わるのだと、身をもって初めて知った。

気を紛らわせようと、必死に働かない頭で話題を探す。

「付き合うって何をするのかな」

「何をするんだろうね。レーネは何をしたい？」

「なんだろう……デートとか？」

「いいね、たくさんしよっか」

「あと、イベントは一緒に過ごすとか」

「うん。そうしよう」

私のありふれたような案にも、ユリウスはひどく優しい声で肯定してくれる。

その様子からも好かれているというのが実感できて、また胸が高鳴るのが分かった。

「ユリウスは何かしたいこと、ないの？」

「俺？　俺はレーネといられたら何でもいいよ」

「私だけの案だと少々不安だから、ユリウスも考えておいて」

「分かった」

ユリウスの声音はとても楽しげなもので、嬉しくなる。

恋人という関係になったことで、これまで以上に楽しく過ごせたらいいなと思う。

「本当にごめんね、経験不足のせいで安っぽいツンデレみたいな態度になってしまって……そのうち慣れると思うから、もうちょっと待ってね」

「いいよ。俺と全部経験すればいいから」

　ユリウスはさらりと言ってのけたけれど、かなりの爆弾発言な気がする。

　とにかく習うより慣れろだと思い、自分の身体に回されている腕に、そっと手を重ねてみる。

　すると抱きしめられる腕に力が込められ、耳元でユリウスがくすっと笑ったのが分かった。

「えらいね、その調子」

　この程度で褒められるなんて、生まれたての赤ん坊か私くらいではないだろうか。

　やっぱりユリウスは優しいなと思っていると、片手で首筋につんと触れられた。

「それにレーネちゃん、お洒落してくれたんだね。髪を上げてるのもかわいい」

「べ、別にいつも通りですけれども」

「うそつき」

　毎日顔を合わせているユリウスを欺けるはずもなく、あっさりとバレてしまう。とても恥ずかしいものの、ユリウスは嬉しそうで、大人しく頷いておく。

「俺もレーネにかっこいいって思ってもらえるように頑張らないと」

「それ以上とかあるの？　人間の限界を超えてない？」

「髪型とか、たまには変えてみようかな」

　そう言って前髪をかき上げて見せる姿からは、とんでもない色気が溢れ出ていて、今の私にはあまりにも毒だった。口から血を吐き出しそうになる。

　慌てて顔を逸らすと、逃げるなとでも言いたげに頬を掴まれた。

「でも、俺が思ってた以上にレーネは俺を好きで意識してくれてて、嬉しいな」

ユリウスは「ね？」と首を傾げながら、顔を覗き込んでくる。

「……っ」

なんというか、これまでもユリウスは遠慮がなかったけれど、恋人になってからはより躊躇いのようなものがなくなった気がする。

この糖分過多な空気に耐えきれなくなった私は、得意の話題を変える技を使うことにした。

「あ！　と、友達のみんなにもちゃんと話したいな」

「レーネの好きなようにしていいよ」

ルカの件でユリウスと血が繋がっていないと伝えたばかりだし、二人でお揃いの指輪をしていたらきっと、言うまでもなく気付きそうな気もする。

「はっ……そうだ、二人でお揃いの指輪なんてしてたら、ジェニーとか両親も変に思うよね？　屋敷の中では外した方がいいかな？」

「いいよ、そのままで。どうせもうバレてるし」

「えっ？」

「今朝、あいつに言ったんだよね。絶対にレーネと結婚するからって」

「ええっ」

あの伯爵に、そんな宣言をしたなんて。初めて聞く話に、驚きを隠せない。

一方のユリウスは、平然とした態度で続けた。

「屋敷の中での行動を制限したくないし、こういうのって雰囲気でバレるものだろうし」

確かにこの挙動不審な私の様子を見れば、誰だって何があったか気づいてしまいそうだ。

「それにレーネがCランクになったこともあって、卒業時のランクさえ良ければ好きにしていいって言われたから」

「なるほど……？」

どこまでも魔法至上主義らしく、もはや病的だとさえ思う。

とにかく今の段階で私達の関係に文句は言われないようで、ほっと胸を撫で下ろした。

ちなみにルカの一件を知ってからというもの、私は伯爵との全ての関わりを絶っている。食事以外の場では顔を合わせないようにしているし、食事中も目を合わせないし口も聞いていない。

伯爵も私に興味がないのか、何も言ってくることはなかった。

『レーネはよくないことを考えちゃダメだよ。俺が全部やるから』

未だに怒りは収まらないけれど、ユリウスに宥（なだ）められ、我慢して過ごしている。

「でも、ジェニーは大丈夫なのかな」

私とユリウスが付き合っているなんて知ったら、烈火のごとく怒りそうだ。

撤回はしたものの、転生当初は「二人はお似合いだと思う」なんて言って応援するような発言をしてしまったことに対しての罪悪感も、少しだけある。

ジェニーがこれまでレーネや私にしてきたことを思うと、全く気にする必要もないけれど。

「……ジェニーが俺のことを本当に好きだとは思えないんだよね」

「えっ？」

私が見る限り、ジェニーはいつだってユリウスに好意を示していたのに。

けれど、ユリウスがそう言うのなら、そうなのかもしれない。

「問題はあの女だと思うな。まあ、当主が認めた手前、表立って文句は言えないだろうけど」

あの女というのは義母、ジェニーの母のことだろう。私は全員での食事の時以外、関わる機会もないため、彼女のことをよく分かっていなかった。

とにかく義母には気を付けつつ、引き続きSランクを目指すのが私のすべきことだろう。

「じゃあ明日、みんなに話してみるね」

「うん。本当は全校生徒に言いふらしたいくらいだけど」

「それは色々とまずいから、しばらくシスコンの顔をしていてください」

「じゃあレーネもお兄ちゃん大好きってアピールしてね。男避けに」

友人達から聞いた話だけれど、ユリウスという完全無欠な兄が側にいることで、私のことを少しいいなと思ってくれている男子生徒はみんな、早々に諦めていくらしい。

もちろん私にはユリウスがいるから問題ないけれど、こんなにかわいい美少女の姿なのにモテないのは私の性格に難があるという理由ではないようで少し安心した。

翌日の昼休み、私はテレーゼ、吉田、王子、ラインハルト、ヴィリーと食堂へやってきていた。

半数以上がSランクとAランクのため、私とヴィリーも一緒に上位ランク用にお邪魔している。

今日も一流のフレンチのような豪華なランチセットを頼み、みんなでテーブルを囲む。

「そういや夏休み明け、交流会があるんだってな。お前らは大体出ることになりそうだよな」

「ヴィリーも筆記はさておき、魔法に関してはトップクラスだもの。きっと声がかかるわ」

「そういえば夏休み、みんなで旅行しようって話もあったよね」

いつものように他愛のない話をしながら、楽しく食事をする。

そして今日、このタイミングでみんなに報告をしようと思っていたものの、全く切り出すタイミングが見つからなかった。

いきなり「ユリウスに告白して上手くいきました！」と言うのも微妙な気がしてならない。そもそもこういう場合、友人に報告は必要なのだろうかと根本的な部分から悩み始めてしまう。

そうして考え込んでしまっているうちに、食事を終えてしまった。

上位ランクの食堂では食後にデザートとお茶が勝手に出てくるため、まだ時間はある。

「なんか今日レーネ、全然喋んなくね？　腹痛いのか？」

そんな中、向かいに座っていたヴィリーがそう尋ねてくれる。毎回、女子に対して腹痛から疑うのはどうかと思いつつ、話を振ってくれて助かったと今日は感謝した。

「実はその、みんなにはどうでもいいことかもしれないんだけど」

一応の前置きをして、続ける。

「ユリウスに告白をして、付き合うことになったんだ」

緊張しながらそう告げた瞬間、ヴィリーとテレーゼの「えっ」という声が重なった。

吉田はティーカップを手に、ふっと口角を上げている。

「おっ、良かったな、上手くいったのか！」

「おめでとう！　素敵だわ」

「まあ、順当じゃないか」

「…………」

みんな口々にお祝いの言葉を言ってくれて、王子もぱちぱちと拍手してくれている。

ちゃんと報告して良かった、と胸を撫で下ろしたのも束の間、ラインハルトだけが俯いたまま口を閉ざしていることに気が付いた。

私だけでなくみんなも彼の様子に気付いたようで、場はしんと静まり返る。

「あー……そうだよな。そうなるよな」

ヴィリーが納得したような、どこか気まずそうな様子を見せ、ラインハルトの肩を叩く。

それでもラインハルトは黙ったままで、何かまずいことを言ってしまったかと不安になる。

「あの、ラインハルト」

「ごめん、僕もう行くね」

声をかけた途端、ラインハルトは立ち上がり、食堂を出て行ってしまう。最後に見えた横顔はひどく哀しげなもので、戸惑いを隠せない。他のみんなも心配げな表情を浮かべている。

「私、追いかけてくる！」

今の流れを思い返す限り、原因は私にあるはず。

とにかくラインハルトと話をしなければと、私は立ち上がり彼の後を追った。

食堂を出たものの、既に廊下にはラインハルトの姿はなかった。

こんな時、ラインハルトの行きそうなところ、と考えた私は、まっすぐ裏庭に向かう。

そして予想通り、着いた先には膝を抱えて座るラインハルトの姿があった。

「……ラインハルト」

小さな声で名前を呼んだことに気付いたラインハルトが、顔を上げる。

以前、誤解からラインハルトがヴィリーを攻撃した際、ここで二人で話をしたことを思い出す。

淡いグレーの瞳は今にも泣き出しそうなくらい細められていて、胸が痛んだ。

「レーネちゃん……」

私はそっと彼の側に向かうと、人ひとり分を空けて隣に腰を下ろした。

「…………」

「…………」

夏の香りがする爽やかな風が、私達の間を通り抜けていく。

慌てて追いかけてはきたものの、こんな時どう切り出すべきか分からない。そんな中、先に口を開いたのはラインハルトの方だった。

「ごめんね、レーネちゃん」

「ううん、私は何も気にしてないよ！　ただ、ラインハルトが心配で……」

ラインハルトは「ありがとう」と呟き、草原の上に置いていた私の手に自身の手を重ねた。

戸惑いがちに握り返すと、指先を絡められる。

「僕ね、レーネちゃんが好きなんだ。これは恋愛の好きだよ」

「――え」

突然の告白に、繋がれた手を見つめていた私は顔を上げた。

視線が絡んだラインハルトの瞳は真剣なもので、その言葉が本当なのだと悟る。

そしてようやく彼がなぜあのタイミングで席を立ったのか、悲しげな顔をしたのかを理解した。

「……っ」

そんなの、当たり前だ。

私も誰かを好きになる気持ちを今は分かっているし、もしも相手が他の誰かを好きだったなら、辛くて悲しくて、胸が張り裂けそうになるだろう。

知らなかったとはいえ、あんなにも浮かれて話をしてしまったことを心底悔やんだ。

「やっぱり、全然気付いてなかったんだね」

「……ごめん」

ラインハルトはいつも、まっすぐに好意を伝えてくれていた。

けれど私自身、吉田や友人達にいつも「大好き」と伝えていたし、ラインハルトの「好き」も同じものだと思い込んでいたのだ。

自分の恋心ですら気付いたのは少し前だし、他人の好意まで気付くことができるほど、私は恋愛というものを理解していなかった。

ラインハルトは首を左右に振ると、形の良い唇を開く。

「レーネちゃんが謝る必要なんてないよ。むしろ気持ちを伝えずにいたくせに、素直におめでとうって言えなかった自分が嫌になる」

自嘲するような笑みを浮かべると、ラインハルトは長い睫毛を伏せた。

「……前に僕が『ユリウス様がレーネちゃんのお兄さんで良かった』って言ったの、覚えてる？」

確か一年生の体育祭の時、そう言われた記憶がある。

私が静かに頷くと、ラインハルトは困ったように微笑んだ。

「絶対に一生、敵わないと思ったからそう言ったんだ。ユリウス様はすごい人だから」

つまり彼はその頃からずっと、私を好きでいてくれたことになる。

どこまでも鈍感な自分に嫌気が差しながらも、嬉しいという気持ちもあった。

「だから、納得もしてるんだ。ユリウス様なら必ずレーネちゃんを幸せにできるって」

「ラインハルト……」

心から私を大切に想ってくれているのが、言葉や表情、声音の全てから伝わってくる。

涙がこぼれそうになって、堪えるように繋いでいない方の手をきつく握った。

「おめでとう。僕はレーネちゃんが幸せになってくれるのが、何よりも嬉しい」

「……っ」

「さっきはすぐに言えなくてごめんね」

けれど、そんな言葉にどうしようもなく胸を打たれて、目尻に涙が浮かんでいくのが分かった。

ラインハルトは本当に優しくて、優しすぎて、泣きたくなる。

「僕の世界を変えてくれたレーネちゃんのことが、僕は色々な意味で大好きなんだ。恋愛感情はその一部でしかないし、これからも友達として側にいたいと思ってる」

私だって、ラインハルトにどれほど救われてきたか分からない。同じFランクという立場で一緒に努力を重ねたことも、嫌がらせをされた時、誰よりも怒ってくれたことも。

そして、いつだって私を肯定して励ましてくれたことも。

何度お礼を言っても足りないくらい感謝しているし、私もラインハルトのことが大好きだった。

私はラインハルトの手を取ると、両手でぎゅっと包み込んだ。

「……私のことを好きになってくれて、本当に本当にありがとう。すごく嬉しかった」

これまでの彼との過去を思い出しながら、言葉を紡いでいく。

「私もラインハルトのことが大切で、大好きだよ。これからも一緒に過ごしていきたい」

心からの気持ちを伝えると、ラインハルトは私の手を握り返し、もちろんと微笑んでくれる。

そんな彼の瞳も潤(うる)み、揺れていた。

「ありがとう、レーネちゃん。これからもよろしくね」

「うん！　こちらこそ」

ラインハルトと今後も友人として、たくさんの楽しい思い出を作っていけたらと思う。

「ごめんね、そろそろ戻ろうか」

「うん」

みんなも心配しているだろうし、戻ろうと二人で立ち上がった。なんだかくすぐったくなって、お互いに泣きそうな顔を見合わせて笑う。

やっぱりラインハルトのことが大好きだと、改めて感じる。

「好きの形は変わっても、これからもレーネちゃんが大好きって気持ちは変わらないよ。レーネちゃんに何かあった時、守れるように、消せるように強くなるからね」

「う、うん……？」

笑顔のラインハルトは一体、何を消すつもりなのだろう。先程までの雰囲気はどこへやら、突然不穏な空気が流れ出す。

それでもラインハルトがどこかすっきりしたような顔をしていて、つられて笑みがこぼれた。


既に昼休みは終わりかけで慌てて教室に戻ると、心配げな表情で待つ友人達の姿があった。

「みんな、心配かけてごめんね。もう大丈夫だから」

ラインハルトの言葉と繋がれたままの手を見て、みんなほっとした表情になるのが分かった。

「そうか、良かったな！　じゃ、夏休みの計画でも立てようぜ。セオドアが手配してくれるから、隣国あたりがいいよなって話してたんだ」

「えっ、いいんですか？」

「…………」

「僕、この国を出たことがないから楽しみだな」

「俺はもうお前たちと同じ部屋は勘弁だ」

——大好きな友人達のお蔭で毎日が、これから先の未来が楽しみで仕方ない。

ふと見上げると隣のラインハルトも笑顔で、これからも優しい彼を、彼と過ごしていく日々を大切にしたいと強く思った。

貴族令嬢の嗜み

夏休みまで残り一ヶ月を切ったある日、私はソファの上で分厚い本を手にのたうち回っていた。

「あああああ、もう全っ然頭に入ってこない……入場の仕方なんて練習したの、卒業式くらいしか経験ないよ……」

そう、実はもうすぐ王家主催の舞踏会——私達の代の貴族子息子女のデビュタントが行われる。

この国は他国とシステムが違って特別なしきたりも多いらしく、同級生は男女問わずみんな一緒に参加することになるそうだ。

それでも社交界というのは、学園内とは全く違う。ランクではなく身分至上主義のため、友人だからと言って人前で砕けた態度でいることは許されないんだとか。

特に王子は、この国の王子様なのだ。社交の場で失礼な言動は絶対にできないため、ヴィリーも気を付けなければと話していた。

そもそも私はレーネの身体に染み付いていた感覚に頼り切っていただけで、マナーなどの基本的なことも完璧ではないため、学ぶことが多い。

「……よし、頑張ろう」

気合を入れ直し、寝転がったまま再びデビュタントに関する本を開く。

驚くほど覚えることが多く、「こんなのどうでもよくない？」みたいな部分まで細かい決まりがあるのは、舞踏会には国王夫妻——王子のご両親も参加されるからだ。

大事な友人のご両親でもあるわけだし、絶対に粗相はできない。

「あれ、まだ勉強してたんだ」

「あ、ユリウス」

暑くて廊下に続く部屋のドアを開けっぱなしにしていたところ、ユリウスが中へ入ってきた。

ソファで寝転がって本を読んでいる私を見ても、由緒ある伯爵家の令息、生粋の貴族であるユリウスは表情ひとつ変えない。

むしろそのままこちらへ来て、偉いねと頭を撫でてくれる。

いたたまれなくなって身体を起こしたものの、こんな風に受け入れてくれる相手なんて、きっと他にいないに違いない。

「私、ユリウスじゃないとだめかも」

「いきなり告白？　俺もレーネちゃんじゃないとだめだよ」

告白直後は目すら合わせられなかった私もようやく慣れてきて、これまで通りの距離感であれば普通に話ができるようになっている。

ユリウスは口角を上げて足を組むと、「はい」とこちらへ銀色の箱を差し出した。

「休憩中にでも食べて」

私のために買ったお菓子らしく、かわいらしい缶に入ったクッキーのようだ。

「わあ、すっごくかわいい！　ありがとう」

「この間、手紙を入れるものを探してるって言ってたよね？　今、女の子達の間でそういう缶に入れるのが流行ってるんだって」

先日、伯爵の書斎から回収したルカからの手紙を大切にしまっておく入れ物がほしいと、何気なく話していたのを覚えてくれていたらしい。

早速用意してくれるなんてと、胸を打たれる。どこまでもユリウスは私に甘くて優しくて、もらってばかりだと申し訳なくなった。

「本当にすごくキラキラして……ってこれ、もしかして宝石？」

「そうだよ」

「ク、クッキー缶に……宝石……？」

貴族令嬢がクッキー缶を再利用なんて、やけに庶民的で可愛い流行りだなとは思ったけれど、まさかそんな高級アイテムに変身していたとは。

クッキー一枚、何万円なんだろうと思いながらも、ひとまずありがたくいただいておく。

「あのね、ユリウス。今後は高いプレゼントをくれなくて大丈夫だよ。気持ちだけで嬉しいし」

そう、実は昨日もドレスやアクセサリーなどが、山のように届いたのだ。

もちろん全て最高級品で、おもちゃかと思うくらいの大きさの宝石の眩しさに、目を開けていられなかったほどだった。

「俺が贈りたいだけだから、気にしないで。これからまだまだ届くし」

「ええっ」

注文済みのものが数えきれないほどあるらしく、とんでもない貢ぎ方をされている。

これほどの美形に貢ぐ側になるどころか、貢がれる側になる日が来るとは思わなかった。

嬉しい気持ちはあるものの、このままでは申し訳なさで死んでしまうと話したところ、ユリウスは首を左右に振った。

「気にする必要なんてないよ。それにレーネからの指輪、嬉しかったから」

その笑顔からは本当に嬉しかったというのが伝わってきて、胸が温かくなる。

ユリウスの左手で輝く指輪を見るたび、落ち着かなくてこそばゆい気持ちになった。

「それに俺が贈ったものばかりを身に着けて、囲まれているレーネを見ると気分がいいんだよね」

「そ、そうなんだ……？」

「うん」

無邪気な笑顔を向けられ、なんだか少し危ない気がしつつ、とりあえず少し控えてもらう約束をなんとか取り付けた。

ユリウスはやがて、膝の上に閉じて置いていたマナー本へ視線を向けた。

「そういえば、舞踏会のパートナーはもう決めたの？」

「ん？　パートナー……？」

「うちの国は変わってるからね、デビュタントもパートナー同伴が普通なんだ」

「ええっ」

なんだか最近、クラスの男女が「一緒に行ってくれる？」みたいな会話をしたり、みんな浮き足立っているように見えたりしたのはそれが理由だったのかと、納得する。

マナーやダンスのことで頭がいっぱいで、全く知らなかった。この国に住んでいる人なら当たり前のことすぎて、わざわざ誰も口にしていなかったのかもしれない。

「まあ、パートナーとは言ってもその日限りの気楽なものなんだけどね」

「なるほど……」

よく分からないけれど、この国だけの妙なしきたりらしい。どうせゲームのしようもないイベントなのだろうと、すぐに察した。

とにかく私もデビュタントに参加する以上、誰かにパートナーをお願いしなければ。

「本当は俺がレーネをエスコートしたかったのにな」

「ユリウスは誰がパートナーだったの？」

「気になる？」

何気なく尋ねると、楽しげな笑みを浮かべたユリウスにそう聞き返される。

気にならないと言えば嘘になるため、こくりと頷く。

「かわいい。本当に俺のこと、好きなんだね」

ユリウスはさらに機嫌が良くなったようで、私の頬を指先でつつく。

「ミレーヌだよ。俺達、そういう時はお互いに利用してるから」

「そうなんだ」

「あからさまにホッとした顔して、かわいい」

抱きしめられ、短い悲鳴が漏れる。

まだこういった接触までは慣れていないため、心臓に悪い。

「レーネは誰にするの？　ヨシダくんね」

「前半の質問の意味あった？」

ユリウスが絶大な信頼を置く吉田、流石すぎる。

ヴィリーでも可とは言われたけれど、誕生日パーティーまでダンスを一緒に練習した吉田となら舞踏会も安心だし、明日早速誘ってみることにした。

「舞踏会自体は俺も参加するから安心して」

「そうなんだ！　一緒に踊れたりする？」

「もちろん」

「本当？　やった！」

このあいだの誕生日、ユリウスと一緒に踊ったのがとても嬉しくて楽しくて、またあんな機会があったらいいなと思っていたのだ。

憂鬱だったデビュタントも楽しみになってきて、思わず口角が緩む。

するとその瞬間ぎゅっと顔を掴まれたかと思うと、ユリウスの寸分の狂いもない美しい顔が目と鼻の先まで近づいていて、息を呑む。

このままくっついてしまうのではないかと慌てるのと同時に、ユリウスはぴたりと止まる。

「……あぶな」

「えっ?」

「キスしそうになっちゃった。あまりにもかわいくて」

「へ」

予想もしていなかった言葉に、口からは間の抜けた声が漏れる。

きす、キス……と動きを止めた脳でなんとか理解しようとしていく。やがて言葉の意味を呑み込んだ私は、じわじわと顔が熱くなっていくのを感じていた。

「な、ななな……な……」

「ごめんね。ゆっくり進むとか、好きって言ってくれるだけで嬉しいとか、嘘だったみたい」

「いや、あの、待って」

「もう少しだけ頑張って我慢するけど、レーネも頑張ってほしいな」

つんと鼻先を合わせたユリウスは、綺麗に笑ってみせる。

至近距離でのやり取りやキスしそうになった、という爆弾発言が頭から離れず、キャパオーバーになった私はそのままソファに倒れ込んだ。

「あ、レーネちゃん！　おはよう」

「ユッテちゃん、おはよう！」

翌日、ユリウスのせいでなかなか寝付けず、軽い睡眠不足の中で登校したところ、玄関でユッテちゃんに遭遇した。

別クラスになってしまった彼女にもユリウスとのことを報告したかったけれど、いつ教室を訪れても休みだったのだ。

体調でも悪いのかと心配していたけれど、家族で旅行に行っていたらしく安心した。

近々、放課後に一緒にお茶をする約束をして、教室へと向かう。

「みんな、おはよう！」

「あ、おはよう」

「おはよう、ウェインライトさん」

教室に入って大きな声で挨拶をすると、当たり前のように返ってくるのはやっぱり嬉しい。

ふんふふんと鼻歌を歌いながら自席へ向かうと、後ろの席には既にテレーゼの姿があった。

「おはよう！　テレーゼ」

「ええ、おはよう。もしかして寝不足？」

やはり親友のテレーゼには隠せなかったらしく、心配されてしまう。けれどキスされそうになって寝付けませんでした、なんて言えるはずもなく「大丈夫だよ」と笑顔を向ける。

一時限目の授業道具を机の上に出し、鞄を机の横にかけると私はくるりと後ろを向いた。

「ねえ、テレーゼってデビュタント舞踏会のパートナー、決まってたりする？」

「私？　私はセオドア様よ」

「ええっ」

まさかの返事に、目を瞬く。

けれど思い返せばテレーゼは以前、王子とお見合いをしていたくらいだし、身分的にも家の関係的にも良い相手なのかもしれない。

「お互いに特定の相手はいないし、立場的にもちょうどいいみたいなの。私も友人のセオドア様がお相手ならとても気が楽だし、助かっているわ」

こういう時、友人達もやはり貴族なんだなと実感する。なんちゃって伯爵令嬢の私も、もっとしっかりしなければ。

そんな会話をしていると、登校してきた吉田が斜め前の席に腰を下ろした。

吉田の後頭部をじっと眺めているだけで心が凪いでいくのを感じていた私は、ハッと我に返り、吉田に声をかけた。

「ねえねえ、マックス」

「…………」

「ダーくん」

「…………」

「すみません、吉田さん」

「なんだ」

「私をデビュタント舞踏会のパートナーにしてくれないかな」

ようやく返事をしてくれた吉田は眉を寄せ、その顔にははっきりと困惑の顔が浮かんだ。

もしかして嫌だったのかなと、不安になる。

「……ああ、いいだろう」

「ダンスもマナーも頑張って練習するし、吉田に恥をかかせないようにするから……」

「分かったと言っているんだが」

「えっ」

思ったよりもあっさりとOKされ、驚いてしまう。

てっきり「デビュタントの場でもお前の面倒を見るのはごめんだ」と言われ、縋り付くまでがセットだと思っていたのに。

「な、なんでいいの……？」

「お前から誘ってきて何だそれは。特に予定もなかったしな」

くいと眼鏡を押し上げた吉田の言葉に、納得する。

「確かに吉田、自分から女子を誘うとかできなさそうだもんね」

「余計な世話だ」

「でも吉田と一緒に参加できるの、すっごく嬉しい！　ありがとう」

とにかくこれで無事にパートナーも見つかったし、あとは勉強とワルツの練習に励むだけだ。

デビュタントの日、女性は白いドレス、男性はタキシードという決まりがあるらしく、ドレスはユリウスが用意してくれることになっている。

「当日まで、またダンスの練習もしてくれる？」

「そうだな。俺も助かる」

「私、なんか吉田に感謝されると叫び出したくなるんだよね」

「俺は逃げ出したくなった」

——そんなこんなで私は周りの協力を得ながら、当日に向けて準備を進めていった。

いよいよデビュタント舞踏会当日を迎えた私は、全身鏡の前でくるりと回ってみていた。
「うん、やっぱりすっごくかわいい」
純白のドレスを身に纏い、白い花の飾りを髪に挿した姿は、見かけだけなら完璧な貴族令嬢だ。
ユリウスがプレゼントしてくれたドレスは、シンプルながらもとても丁寧に作られていて、洗練されたデザインと細かなレースが美しい最高級品だった。

何より私が一番似合うものをよく理解してくれていて、胸が高鳴る。

「き、緊張する……」

その一方で、できる限りのことはしてきたけれど、ドキドキはするもので。やはり私にとって社交界というのは未知の世界だし、自分の失敗が家や家族の評判に関わってしまう。

両親やジェニーは正直どうでもいいけれど、多忙な中でしっかり社交の場に顔を出して地位を築いているユリウスに迷惑はかけたくなかった。

吉田が迎えに来るまで、あと三十分ほどある。

黙って座っていても落ち着かないし、この後会場で顔を合わせるものの、せっかくだからユリウスにドレス姿を見せに行くことにした。

そうして部屋を出ようとしたところ、ドアの向こうからユリウスの声が聞こえてきた。

「レーネ、準備できた？」

「あ、ユリウス！　素敵なドレス、本当にありがとう。ちょうど見せに行こうと思ってたんだ」

すぐに開けたことで驚いたらしいユリウスは、私の姿を見てさらに目を見開いた。

「…………」

「ユリウス？　どうかした？」

「ごめん、あまりにも可愛くてびっくりした」

予想していなかった返事に、動揺を隠せなくなる。

今度は私が言葉を失う中、ユリウスは続けた。

「レーネはどんどん可愛くなるね。本当に綺麗だ」

「……っ」

以前はユリウスに褒められても、かわいいと言われても「はいはい」と流せていたのに。今ではいちいち嬉しくて恥ずかしくて、過剰に反応してしまう。

そんな私を見てユリウスは満足げに笑うものだから、照れを隠すように急いで中へ通した。

「お、お兄さんこそ今日もかっこいいですね」

「ありがとう」

「ドレスのお礼、何でもするから言ってね」

「……何でも、ね」

ソファに並んで座りながら、深緑のジャケットを身に纏ったユリウスへ視線を向ける。今日は髪を少し後ろへ流していて、とんでもない色気を醸し出していた。

ユリウスはやがて読めない表情でこちらを見つめ、私の前髪にそっと触れる。

「ねえ、今日はこのまま二人で過ごさない？」

「また訳の分からない冗談を」

「……結構本気なんだけどな」

どういう意味だろうと気になったものの、すぐにユリウスは舞踏会で気を付けるべきことのおさらいをしてくれて、私は吉田が来るまで必死に頭に叩き込み続けた。

吉田の腕に手を添えて、大勢の若者で賑わう会場内——王城の大広間を歩いていく。

ここにいる大半が同級生だと思うと、なんだか成人式のような気分になる。

「うっ……頭が……」

「急にどうした」

「ちょっと闇の記憶が蘇ってしまって……」

黒歴史でしかない成人式のことを思い出すたび、頭を抱えて床に転がりたくなってしまう。どうにかして頭から消し去ろうとしていると、見覚えのある美形がやってくるのが見えた。

「あ、ラインハルト！」

「レーネちゃん」

彼の隣には、とてつもない美女の姿があった。同い年の従姉妹と参加すると聞いていたけれど、想像以上の美女で、ノークス家は美形な家系なのかもしれない。

気さくでかわいらしい美女に挨拶をしたことで立ち直った私は、まず両陛下に挨拶をするため、会場から続く謁見の間へ吉田と共に向かう。

「吉田、注目されてるね」

「気のせいだろう」

吉田はそう言ったけれど、間違いなく辺りにいる女性達はみな、正装姿の吉田に見惚れていた。

黒いタキシードが細身の高身長を引き立てていて、とても格好いい。吉田が黒を身に纏っているのは初めて見たけれど、やはり美形は何でも似合ってしまうらしい。

「吉田、かっこいいね」

「お前も悪くないんじゃないか」

「えっ、好き？」

「置いていくぞ」

吉田に褒められて浮き足立っていると、行き先が人だかりで塞がれていることに気付く。

あまりの盛り上がりっぷりに何か出し物でもやっているのかと、少し覗いてみる。

その中心にいた人物を見た瞬間、私は目を瞬いた。

「きゃあ、ユリウス様よ！　今日もなんて麗しいの」

「社交界でも一、二を争う人気ですものね」

「今日もどなたとも踊らないつもりなのかしら……一度でいいからお相手していただきたいわ」

美しく着飾った女性達は頬を赤く染め、ユリウスへ熱い視線を送っている。

にこやかな笑みを貼り付け、周りの人々にきらきらと愛想を振りまく姿は、つい先程まで私の部屋で一緒にいた人物とは思えない。

なんだか知らない人のようで、遠く感じてしまう。

「お前の兄、すごい人気だな」

「いや本当にびっくりしちゃった」

それからも少し様子を窺っていたけれど、ユリウスはモテにモテてモテまくっていた。

もちろん、モテることは知っていた。学園でもモテている姿は見ていたけれど、私は社交界というものをよく分かっていなかったように思う。

令嬢達にとっては良い家柄の男性を捕まえるというのは、人生をかけた戦いなのだ。

そしてユリウスは「親が決めた相手と結婚する」というのは決まっているものの、特定の婚約者なんかはいないため、世の女性達はまだまだ狙い目があると思っているのだろう。

「ああもう、どうしたらお近づきになれるの？」

「何故あんなに美しいのかしら……芸術品のようね」

「それでいて魔法にも秀でていらっしゃるんでしょう？　完璧だわ」

近くの女性達は休むことなくユリウスをひたすら褒め続けており、どれほど憧れて焦がれているのかが伝わってくる。

「あの……中心にいる方が私の恋人って本当ですか？」

「俺に聞くな」

なんというか、芸能人が自分の恋人だというくらいの違和感がある。

「そろそろ行くぞ、時間だ」

「あ、そうだね。ごめん」

吉田に声をかけられ、再び謁見室へ歩き出す。ちらっと振り返り、人だかりの奥に見えたユリウスの笑顔に、胸の奥がちくりとした。

◇◇◇

一時間後、謁見の間から出てきた私は、吉田に支えられながらよたよたと大広間へ戻ってきた。

「き、緊張した……」

王子のご両親——両陛下に挨拶をしたけれど、なんというか王族というのは違う世界の人なのだと思い知らされた気がした。

纏うオーラが普通の人とは違う。王子や王子兄も高貴な雰囲気はあるけれど、やはり国王陛下ともなると、思わず背筋が伸びてしまうくらいの存在感や威厳があった。

『いつもセオドアはあなたたちの話をしているのよ』

『ああ。これからもよろしく頼む』

『は、はい！　もちろんです！』

思ったよりも大きな声が出てしまって、両陛下も「元気なのは良いことだ」と微笑んでくれた。

そして王子がご両親にも私達の話をしてくれているのが、何よりも嬉しい。

『マクシミリアンも久しぶりね。随分柔らかい表情になって』

『セオも嬉しそうにしていたよ』

王子の幼馴染である吉田は両陛下と昔から親交があるらしく、気さくに話しかけられていた。

とにかく無事に終えられてホッとしていると、ヴィリーとユッテちゃんがこちらへやってくるのが見えた。元クラスメートでもある二人は、今回一緒に参加することにしたらしい。

「どうしたんだよレーネ、生まれたての化け物みたいな歩き方して」

「子鹿ですらないんだ。膝に矢を受けてしまって……」

「ふふ、でも緊張しちゃうよね。やっぱり陛下ってオーラが違うというか、迫力があって」

「わかる」

ユッテちゃんも相当緊張したようで、ふうと息を吐いていた。

ヴィリーはなんと以前、王子と王城で遊んだ際に両陛下と共に食事までしたらしく、全く緊張しなかったという。強者すぎる。

「お前ら、もう踊ったのか？」

「ううん。これからだよ」

「ヴィリー、びっくりするくらいダンスが上手くて驚いちゃった」

「えっ……ヴィリーが……？」

「まあな」

勝手に苦手仲間だと思っていたものの、運動神経の良さもあって、ダンスは完璧だったという。

ちなみにこの国のデビュタント舞踏会は、両陛下に挨拶をし、中心でパートナーとダンスを踊ることで社交界デビューが認められるという謎システムだ。

ヴィリーとユッテちゃんは既にダンスを終えた友人達の方へ行くと言い、手を振って別れた。

「とにかくこれで一番の心配の種から解放されたんだ。さっさと済ませるぞ」

「そうだね！　後少しだ」

吉田は「はあ」と溜め息を吐くと、その場に跪(ひざまず)いて私に右手を差し出す。

「――どうかあなたと幸福なひとときを過ごす権利を、俺にいただけませんか？」

「ええ、ぜひ！　私達のこれからの輝かしい日々を祝って共に踊りましょう」

そうしてぷるぷると震える手で吉田の手を取った私は、堪えきれず噴き出してしまった。

「あはは！　やっぱりこれ恥ずかしいね、意味分かんない」

「なぜこんなセリフが決まりなんだ……」

実はこの小っ恥ずかしいやりとりもしきたりで、必ず踊る前にしなければならないそうだ。

片手で顔を覆い耳まで赤く染めた吉田に萌えながら、間違いなくこのクソゲーを考えたシナリオライターのせいだと、私は確信していた。

ゲームではきっとスチルが出てくる、良いシーンのつもりなのだろう。完全に滑っている。

「ほら、踊るぞ。足を踏むのは三回までにしろよ」

「はい！　善処します！」

やっぱり吉田とのやりとりはいつも通りが一番だと思いながら、ホールの中心へと向かう。

ちょうど私達がよく練習していたワルツの曲が流れ、右手を吉田の左手と繋ぎ、私の左手は吉田の右腕に添える。

普段はローブのついた制服を着こなしているから分からないけれど、さすが剣術をやっているだけあって、吉田の腕はしっかり筋肉がついていて逞(たくま)しい。

やがて音楽に合わせてステップを踏み、時折ターンをする。

これまで共に練習を重ねてきたとこと、そして私が吉田に全幅の信頼を寄せていることで、吉田のリードに身を委ねると、何もかもが上手くいく。

息が合うというのはこういうことを言うのではと、思ってしまうくらいに。

「何をにやにやしているんだ」

「吉田とのダンス、楽しいなって」

「……そうか」

吉田はそう言って、私をまたくるりと回してくれる。

ダンスを始めた当初は、何が楽しいのだろうという疑問を抱いていた。

けれど実際にやっていくうちに、その奥深さを知った。

想像した通りに身体が上手く動いた時、相手の歩幅をしっかりと読めてぴったりと着地があった時など、楽しいと思えるポイントが今ではたくさんある。

「でも、私で良かったの？」

「何がだ」

「一生に一回の機会だし、デビュタント舞踏会でのパートナーを気にする人もいるらしいから」

今回のパートナーは自由といえども、やはり社交界には派閥やドロドロした関係もあるらしく、自分の嫌いな相手と踊った過去があると揉め事になることもあるんだとか。

自分から誘ったとはいえ、私は愛する吉田の人生が何の障害もない、幸せで素晴らしいものになってほしいと思っている。

そんな気持ちから、ついそう尋ねてしまったのだけれど。

「……本当にバカだな」

吉田はふっと口角を緩めると、眉尻を下げて小さく微笑んだ。

バカだという言葉を紡いだ声音にも表情にも、これ以上ないくらいの優しさが浮かんでいる。

「俺は元々お前を誘うつもりだった」

「え」

「そもそも男側から誘うものなのに、お前は先走りすぎだ」

――後から知ったことだけれど、吉田の言う通り男性から女性を誘うのが普通らしい。

ユリウスも私を誘ってくれないかと吉田に声を掛けるつもりだったようで、翌日の朝に私が誘ってしまったと話すと「説明不足でごめんね」と笑っていた。

あの時の吉田の困惑した反応にも、納得がいく。

「よ、吉田……ありがとう……！」

そして今世紀最大の吉田のデレに、私は胸がいっぱいになっていくのを感じていた。

「……私ね、いつも吉田と友達になれてよかったって思うんだ」

もちろん他のみんなに対しても常日頃思っているけれど、吉田は誰よりも遠慮なく甘えられて、何でも話せる存在だった。

吉田は金色の瞳を少し見開いた後、柔らかく細める。

「お前のそういう、何でも素直に言えるところを俺は羨ましく思っている」

今度は私が驚く番で、吉田がそんな風に思ってくれているなんて想像すらしていなかった。

やがて曲が終わって足を止めると、吉田の手を両手で握る。

「ねえ、何をしたら吉田は喜んでくれる？　私、吉田になら全財産も差し出せるよ」

「重いな」

それでも小さく笑った吉田は、繋いだ手をそっと握り返してくれた気がした。


そうして無事にデビュタントの必須イベントを終え、吉田との友情も深めた私はうきうきで友人達の姿を探していた。

すると再び騒がしい一角を見つけ、足を止める。男性も女性も頬を染めて囁き合っていて、どうやら相当な美形や美女がいるようだった。

またユリウスだろうかと様子を窺うと、ぱっちりと青い大きな瞳と目が合った。

「あれ、レーネちゃんだ！　久しぶりだね」

「はっ……アンナさん⁉」

そこにはなんと同じ転生者でマイラブリンの続編ヒロイン、パーフェクト学園に通うアンナ・ティペットさんの姿があった。

超絶美少女である彼女の桃色の長いふわふわとした髪はハーフアップに纏められ、白いドレスを着ている姿はまるで女神のようだった。

どうしてここにと驚いたけれど、彼女もまたこの国の侯爵令嬢であり、同い年なのだ。このデビュタント舞踏会は国をあげてのものだから、よくよく考えると当然だった。

交流会で会えると思っていたけれど、今日ここで遭遇するなんて。

そして彼女の隣に立つ美形を見た私は、さらに驚いてしまう。

「セ、セシル……!?」

そう、アンナさんのパートナーのポジションに立っていたのはなんと、従姉弟のセシルだった。

「よお、レーネ」

「久しぶり！　先日は色々ありがとう」

「ああ」

相変わらず俺様な態度のセシルは、水色のウェーブがかった髪を後ろへ撫で付けている。

完璧な正装姿は続編の攻略対象なだけあり、輝くような美貌が眩しい。

「ここへ来るまでレーネちゃんに会えるかなって話してたんだよね、セシル？」

「おい、無駄に近づくな」

「………？」

セシルはアンナさんを苦手に思っていたはずなのに、なぜ一緒に参加しているのだろう。

そんな疑問が顔に出てしまっていたのか、セシルは続けた。

「こいつがいい感じの王子、他国の人間だろ。だからこの場にはこれないわけ」

「なるほど、確かに」

「それで王子も王子でこいつのことが好きだから、他の男とパートナーになるのは許せないとかなんとか言い出して、絶対にこいつを好きにならないって枠でこんなことに……」

納得の理由に、同情を禁じえない。こちらで言う吉田枠なのだろう。

一方、セシルの腕に細く白い腕を絡ませたアンナさんに、全く気にする様子はなかった。

「でもちゃんとエスコートしてくれるし、ずっとアンナのこと見てるよね？」

「黙れ、お花畑女。お前が余計なことをしないか見張ってるんだよ」

「もうセシルったら、素直じゃないんだから」

「殺してくれ」

セシルはげっそりしていて、アンナさんから離れると「吉田を見てると安心する」と言って吉田の方へ寄っていく。

「久しぶりだな」

そういえば以前、パーフェクト学園に潜入した際、吉田とセシルは変な乗り物を一緒に見に行っていたくらい仲良くなっていたことを思い出す。

二人が話している隙に、私もアンナさんに少しでもマイラブリンについて聞かなければ。

「あの、アンナさんに聞きたいことがあって」

「なあに？」

「ええと、その……うーんと……マ、マイラブリンって何の略？」

聞きたい大事なことはたくさんあったはずなのに、一番しょうもないことを尋ねてしまった。

「マイスイート♡ラブダーリンｉｎ ｔｈｅ ｓｃｈｏｏｌだよ」

「聞かなきゃよかった」

正式名称を知ってしまった以上、私はこれから『マイスイート♡ラブダーリンインザスクールのヒロイン』という意識のもと、生きていかなければならない。本当に聞かなければよかった。

ありふれすぎた死語を組み合わせており、何のひねりもないのがシンプルにダサくて辛い。洒落たつもりなのか、無駄に英語のインザスクール部分がまた辛くて仕方なかった。

色々と聞こうと思っていたのに、いざとなるとパッと出てこない。質問をまとめたものでも用意しておけば良かったと、後悔が止まらない。

「あ、そうだ！　メレディスって、どこで出会うの？」

死亡BAD ENDを引き起こす隠しキャラについて、聞いておいて絶対に損はないだろう。

アンナさんは人差し指を口元に当て「ああ」と微笑む。

「そこ、ゲームでもランダムだから分からないんだよね。アンナも全パターンは把握してなくて」

「そんなことある？」

さすがクソゲー、力の入れどころを間違えていて最悪すぎる。誰も求めていなかった無駄な工夫に泣きたくなった。

いつメレディスに遭遇するか分からないという、地獄のドキドキが待っていることになる。

「ていうか、そもそも何でメレディスは私を殺そうとするの……？」

「あれ、話してなかったっけ？　メレディスってね、誰にも自分の言葉を理解されないの。誰よりも強い魔力を持つ代償として、かけられた呪いなんだ」

「えっ……？」

「だから、唯一理解してくれるヒロインに執着するんだよ」

「…………」

ようやく、納得がいった。

なぜ私に『全ての言語を理解できる』という特殊能力が備わっていたのかを。全てはこのゲームの隠しキャラである、メレディスのルートに繋がっていたのだ。

そして初めて会った時、違和感を覚えた彼との会話も、今なら理解できる。

『あー、いちいち話しかけんなよ。どうせ無駄なのに』

『お前、俺が何を言ってるか分かんの？』

彼の言葉を誰も理解できないからこそ、私が普通に会話できたことに驚いていたのだ。

わずかな会話しかしていないのに「気に入った」と言っていたのも、それが理由だろう。

「そ、そんな……」

神様がFランクスタートの哀れな私に与えてくれた唯一のチート能力だと思っていたけれど、まさかの地獄への切符だったらしい。

——けれど、誰にも自分の言葉を理解されず意志の疎通ができないなんて、あまりにも寂しくて悲しくて、胸が痛んだ。どうにかすることはできないのだろうか。

「メレディスは一回関わるごとにものすごい勢いで好感度が上がっていくから、気をつけて。ランダム機能の部分を頑張りすぎて、雑になったんじゃないかって噂もあったっけ」

「すごい、どこまでもクソゲーだね」

ヒロインらしからぬ言葉をリアルで使ってしまったけれど、本当にどうしようもない。とにかく今の私は運に身を任せつつ、高ランクを目指すことしかできないようだった。

「そういえば杏奈ね、こないだ元の世界に戻っちゃったの」

「ええっ⁉」

まさか私だけじゃなかったなんて、と大きな声が出てしまう。

私も学祭期間中、爆発に巻き込まれたのをきっかけに、元の世界に戻ってしまったのだから。

「実は私もなんだ。もしかしてアンナさんも死にかけたの？」

「ううん、私は急に足元に魔法陣が出てきて、ふわって感じだったよ」

「…………」

また始まった、私とアンナさんの圧倒的格差。

Sランクにならないと死んでしまうかもしれない私と、Fランクさえ回避すればセーフのアンナさんに、まだこれほどの不平等さがあったなんて。

「でも杏奈、まだ死んでなかったんだって驚いちゃった」

アンナさんもまた、元の世界で暮らしている形跡があったのだという。周りの人々から話を聞いたところ、記憶喪失という設定で過ごしているらしい。

やはり本物のアンナ・ティペットさんもまた、アンナさんと入れ替わっていたのだろう。

「一日で戻ってこられた後、身体が入れ替わるような魔法がないか調べてみたの。そうしたら過去に異世界人と入れ替わったことがある、って人がいたみたいで」

「ちょ、ちょっと待って」

あまりの急展開に、頭がついていかなくなる。

順を追って話を聞いてみたところ、アンナさんが良い感じの攻略対象の王子様にお願いして、調べてもらったらしい。彼の出身国はこの国よりも、魔法の研究が発展しているんだとか。

「まだ調べてもらってる最中だから、何か分かったらレーネちゃんにも教えるね。杏奈は元の世界に絶対に戻りたくないから、なんとかしようと思うんだ」

「うん、ありがとう」

こんなにかわいらしくて明るいアンナさんも、元の世界に戻りたくない理由があるようだった。

この件に関しては手詰まりだと思っていたけれど、お蔭で解決の糸口が見えた気がする。

「レーネ、ここにいたんだ。そっちはお友達？」

「あ、ユリウス」

そんな中、ユリウスがこちらへやってきて、自然に私の腰に腕を回す。

ユリウスは初対面のアンナさんを見て、首を傾げている。

「ユリウス・ウェインライト⁉　わー、本物だ！　かっこいい！」

一方、ユリウスを視界に捉えたアンナさんは目を輝かせ、興奮した様子で口元を手で覆った。

「俺のこと、知ってるんだ？」

「はい、それはもう！」

ゲームをプレイしたから知っているとは言えないものの、ユリウスはそもそも有名人だし、アンナさんの発言を不思議に思う様子はなかった。

アンナさんは「さすがマイラブリン屈指の美形、本当にキレイ」と頷いている。

「やっぱり無印キャラに会うと、感動が違うね！　ちょっと泣きそう」

クソゲーをフルコンし何周もして、自ら「歩く攻略サイト」を名乗るだけあるアンナさんは、本当にこのゲームやキャラに思い入れがあるらしい。

目を潤ませて喜ぶ姿に、王子やヴィリーなど、友人達を紹介したいと思っていた時だった。

「あれ、レーネちゃん。ユリウスもここにいたんだ」

紺色の正装に身を包んだアーノルドさんがやってきて、輝く笑顔を向けてくれる。アンナさんはアーノルドさんが最推しだと言っていたのを思い出し、早速紹介しようとしたのだけれど。

「え……」

アンナさんは時が止まったようにその場に立ち尽くし、アーノルドさんに視線を奪われていた。

「こんにちは、初めましてかな」

そしてアーノルドさんがにこやかに声をかけた瞬間、ふらっと後ろに倒れた。そんなアンナさんの腰をすかさずアーノルドさんが支え、まるでおとぎ話の一場面のような光景になる。

二人の顔が近づき、アンナさんの大きな目はさらに見開かれる。

「大丈夫？　具合でも悪い？」

「……あ、う……」

そっと立たされたアンナさんはふらふらと数歩あとずさると、私の腕にしがみついた。

「ま、待って無理、アーノルドが生きてる動いてる同じ世界にいる待っててやばい、同じ空気を吸うのも申し訳ないし、えっ？　同じ人間？　あまりにも尊い顔が良い、存在が奇跡」

いきなりアンナさんが限界オタクになってしまった。陽のパワーが強すぎてアンナさんがオタクだというイメージはあまりなかったけれど、しっかり仲間だったらしい。

「や、やだ……もっと可愛くしてくれれば良かった、どうしよう、無理、待ってかっこいい」

「よく分からないけど、俺のこと好きなの？」

アーノルドさんのストレートな問いに、アンナさんはこくこくと必死に頷く。するとアーノルドさんは嬉しそうに微笑み、アンナさんの手をきゅっと握った。

「ありがとう。俺も君のことが好きになりそうだよ」

「アッ」

アーノルドさんのガチ恋距離と過剰なファンサに、アンナさんはオタク特有の悲鳴を上げると、そのまま意識を失ってしまった。

オタクにアーノルドさんの距離感バグが耐えきれるはずもなく、アンナさんの死体を支えたセシルは「黙ってくれてた方が楽で助かるわ」と言うと、細い身体を担いで去っていく。

「あはは、面白い子だったね」

「そ、そうですね……」

私も前世では気合の入ったオタクだったため、もしも推しが目の前で動いて生きていたら、無事ではいられなかっただろう。

そして結局、アンナさんから今回聞けた情報はしょうもないタイトルと、メレディスについての恐ろしい話、元の世界に戻ってしまう問題についてだった。

交流会では改めて、色々と聞かなければ。

「レーネ？　ぼうっとしてるけど大丈夫？」

「あ、うん！　ごめんね」

慌てて顔を上げると、ユリウスは私の手を取り、吉田に声をかけた。

「ねえヨシダくん、レーネを借りてもいい？」

「どうぞ」

「ありがとう。代わりにアーノルドをあげるね」

「結構です」

「ヨシダくん、俺と遊ぼっか」

狩猟大会で仲良くなったアーノルドさんに腕を組まれ、吉田はどこかへと連れて行かれる。

多分アーノルドさんは、吉田のことがかなり好きだと思う。

ユリウスに手を引かれながら、中心へと移動する。

「ご機嫌だね」

「このためだけに今日来たからね。他のダンスの誘いは全部断ったし」

ユリウスと踊りたい女性なんて星の数ほどいるだろうし、社交においては大事なコミュニケーションだと聞いている。

社交界での付き合いも大事にしている中で、無理に断る必要なんてないのに。

「私は気にしないし、別に断らなくてもいいんじゃ……」

「俺がレーネに『他の男と踊らないで』って強制できなくなるのが嫌なんだ」

「………」

本当にブレないなと笑みがこぼれるのを感じながら、私はユリウスのリードに身を委ねた。

「――おい、アンナ。起きろ、さっさと帰るぞ」

「セシル……？　やだ私、アーノルドの前で気絶しちゃってたんだ。……あ、元の世界でマイラブリン3が出てたってレーネちゃんに伝えるの忘れてた。今度でいいよね？」

「知るか」

「何でかわいいレーネちゃんは、そんなに拗ねたお顔をしてるのかな」

舞踏会の帰り道、馬車に揺られている私の頬を、ユリウスはつんとつつく。

普通にしているつもりだったのに、分かりやすく顔に出てしまっていたらしい。自分でも理由は分かっていて、先ほどユリウスと踊った時のことが原因だった。

やはりユリウスは常に注目されていて、私達を見た女性達が話をしているのが聞こえてきた。

『ユリウス様のお相手の方は誰ですの？　どなたのお誘いも受けなかったのに……』

『ご令妹のレーネ様だそうよ』

『ふふ、そうでしたか。仲の良いご兄妹ですこと。それなら安心ですわね』

そんなやりとりが絶えず聞こえてきて、胸の奥がもやもやしてしまったのだ。妹だと思われるのは当然だし事実だし、これまでだって日常のようなもので、何も思わなかったのに。

「……付き合ってるって言えないの、いやだなと思った」

素直な気持ちを口に出すと、ユリウスは形の良い唇で綺麗な弧を描いた。

「かわいすぎると、人って腹が立つんだね」

「なんて？」

ユリウスは私の頬をふに、とつねると満足げに笑う。

「他人に好かれるなんて面倒でいいことなんて一つもないと思ってたけど、今日だけは良かったと思ったよ。レーネちゃんにやきもち焼いてもらえるから」

「くっ……」

「まあ、俺は学園でも毎日そう思ってるけどね」

ユリウスは本当に嬉しそうで、恥ずかしくなる。ユリウスが好きだと自覚し、伝えて関係が変わったことで自分の気持ちが変わっていくのを感じていた。

自分が自分でなくなるようで少しだけ怖くて、けれど胸が弾むような感覚もする。まだまだ恋というものは分からないことだらけだと、改めて思う。

「でも、今日は本当に楽しかったな。吉田が大好きだって改めて実感したし、ユリウスとも踊れて嬉しかったから」

「そっか」

「うん。それに社交の場に出てもっと友達も増えるかもしれないと思うと、楽しみだなって」

デビュタント舞踏会には魔法学園に通っていない令嬢も数多くいて、新たな出会いもあり、今度みんなでお茶会をしようという約束もできた。

流行りのドレスや化粧品、アクセサリーやお菓子についてなど、女性だけならではのかわいらしい会話ばかりで、新鮮で楽しかった。

何よりみんな言葉づかいや所作も綺麗で、あんな風になりたいとも思った。

「……そうなんだ」

ユリウスはそう呟くと、じっと私の顔を見つめた。

急に真顔で黙り込んだユリウスを不思議に思いながら、私も彫像のような顔を見つめ返す。

肌だって毛穴ひとつないし、睫毛だって恐ろしく長い。こんなに近くで見ても粗が見つからないなんて、とじっと顔を眺めていた時だった。

「嫌だな」

「えっ？　何が？」

「俺はとても心が狭い人間なので、レーネの世界が広がるのを喜べないんですよ」

頬杖をつきながら笑顔でそう言ってのけるユリウスに、私はぱちぱちと瞬きを繰り返す。

どうやら私が社交界デビューするのが嫌、ということらしい。

「レーネには記憶がなくて、学園っていう狭い世界しか知らないから、俺を好きになってくれたのかもしれないし」

「…………」

「そもそも俺は学園でも裏でレーネに近づく男を追い払っているような、碌でもない人間だから」

そんな不安を抱えていたなんて、私は考えてもみなかった。

『ねえ、今日はこのまま二人で過ごさない？』

『……結構本気なんだけどな』

けれどここへ来る前、屋敷で言っていた言葉の意味が、ようやくわかった気がした。

──ユリウスこそ私よりもずっとずっと人気者で、広い世界で生きている。活躍の場は社交界だけではないし、どんな仕事をしてどんな人達と付き合っているのか、私は知らない。

どこか遠く感じて寂しく思っていたのは私の方だと思っていたから、驚いてしまった。

「俺はこんな人間じゃなかったはずなのに、レーネといるとおかしくなる」

自嘲するような笑みを浮かべる姿に、私は自然と口角が緩むのを感じていた。

ユリウスもそれに気付いたらしく「なんで笑ってんの？」と眉根を寄せる。

「ごめんね、なんか安心しちゃって」

「安心？」

「うん。ユリウスもちゃんと十八歳の男の子なんだなって」

いつだって完璧だと思っていたけれど、普通の男の子みたいな悩みや不安を抱える姿に、どこかほっとしてしまう。

「それくらいの方が助かるし、むしろもっとこう、ボロを出してくれた方がいいな。ユリウスが完璧じゃない方が、不完全すぎる私はほっとしちゃう」

だからもっと隙を作ってほしいと言うと、ユリウスは戸惑ったような表情を浮かべた後、ふっと笑った。そして甘えるように、私の肩にそっと頭を乗せる。

「……俺に完璧じゃなくていいなんて言うの、レーネくらいだよ」

「そうなの？」

「生まれた時から、欠点のないように厳しく育てられてきたんだ。周りからも期待されて、少しでもそれから外れると、勝手なことばかり言われて生きてきたし」

「…………」

レーネも伯爵家に来た頃、厳しい教育を受けていたと聞いたけれど、ユリウスの場合は生まれてからずっとだったのだろう。父の歪みを知れば知るほど、容易に想像がつく。

そしてユリウスはいつも、自分は努力型だと話していたことを思い出す。その言葉の裏には私が想像もつかないほどの努力があったのだというのを実感し、胸が締め付けられた。

甘え方が分からないと言っていたのも、甘えることなんて一切できない環境にいたからだ。

私はユリウスに向き直ると、ぎゅっと私よりもずっと大きな身体を抱きしめた。

「レーネ？」

「……もっと早く、ユリウスと仲良くなりたかったな」

もっと早く出会いたかったという気持ちを、不自然にならないように言い換える。

「あと過去に行けたら、そんなムカつくような人達に文句を言って回るのに」

小さなユリウスが傷付かないようにしたい、甘えられるような存在になりたいと思う。けれど、そんな過去のもしもの話をしたところで、どうにもならないことも分かっている。

「私の前では何も気にしないで、思いっきり我が儘を言ったり甘えたりしてほしいな。何があっても私はユリウスのことを嫌いになったりしないし、好きでいるから」

けれど、今は違う。今の私にだって、できることはあるはず。

いつも私はユリウスに助けられてばかりで、良くしてもらってばかりで、何か返せたらいいなと思っていた。できるのなら、頑張り屋の彼が心を許せる、安心できる場所になりたい。

拙(つたな)い言葉で一生懸命に伝えると、ユリウスは深い溜め息を吐いた。

「……困ったな」

「えっ？」

「どこまで俺を好きにさせれば気が済むの？」

私の首筋に顔を埋めたまま、ユリウスはそう呟いた。

「俺、これ以上レーネに依存したくないんだよね」

「どうして？」

「もっと我が儘も言うし、面倒な男になるから」

私にできることなら、いくらでも何でも叶えてあげたい。

そんな気持ちを込めて「どうぞ」と深く頷くと、ユリウスは顔を上げて私を見つめた。透き通るガラス玉みたいなアイスブルーの瞳から、目を逸らせなくなる。

「じゃあこの先、俺以外を絶対に好きにならないで」

「もちろん」

「他の男と仲良くならないで。今いる友達だけにして」

「わ、分かった……？　な、なるべくだけど……ごめん……」

友人の友人と友人になる可能性だってあるし、そこは確約できない。

だからこそ、大口を叩いたのに申し訳なく思って苦しんでいると、ユリウスはふっと笑った。

「レーネのそういう適当に返事をしないところも好きなんだよね、俺」

そして私の背中に腕を回し、そっと抱き寄せる。

少しだけ速いユリウスの胸の鼓動を聞きながら、自身の心音も速くなっていくのを感じた。

こうして触れられた時の自身の反応だって感情だって、以前とは違う。もうしばらくこうしていたくて、きゅっとユリウスの上着を掴む。

すると私を抱きしめるユリウスの腕に、より力がこめられた。

「……本当に、好きだよ」

その切実な声音からは、想いの大きさが伝わってくる。

「俺はレーネに救われてるから。さっきの言葉も嬉しかったよ、ありがとう」

ユリウスのまっすぐな言葉に、声が詰まってしまう。

大好きなユリウスのために何かできているのなら、それ以上に嬉しいことはなかった。

「こちらこそ、いつもありがとう」

「レーネってよくありがとうって言うよね」

「そうかな？　でも私は絶対に、何でも当たり前だと思いたくないんだ」

今の私を取り巻く環境の全てが奇跡みたいで、大切で。

感謝の気持ちを決して忘れたくはなかった。

「……だからみんな、レーネのことが好きなんだろうね」

ユリウスは柔らかく微笑むと、優しい手つきで頭を撫でてくれる。

「そういえば、ドレスのお礼にお願い聞いてくれるんだっけ？」

「うん、私にできることなら」

ルカの件でも大変お世話になったし、もはやドレスの件だけでは足りないくらい、ユリウスへの返しきれていない恩が溜まっている。

だからこそ、私にできることは何でもする心づもりだったのだけれど。

「じゃあ夏休みの間に、キスさせて」

「へ」

「約束ね」

ユリウスは眩しい笑顔で呆然としている私の手を取り、小指同士を絡めている。

かなりハードルが高いけれど、いつまでも恥ずかしいと言って逃げているわけにはいかない。

告白をする時、恋人になる時に、私だってそれなりの覚悟はしたのだから。

「……わ、分かった」

「え、本当に？」

「もしかして冗談だった？」

「いや本気だったけど、まさかレーネがいいよって言ってくれるとは思わなかったから」

まだ私にはキスをしたい、という欲求は分からないけれど、ユリウスが望むことはしたい。

そう話すと、ユリウスは綺麗に口角を上げた。

「大丈夫、したいと思わせるから」

自信満々のユリウスがそう言うと、本当にそうなってしまいそうで怖い。

とんでもない約束をしてしまったものの、夏休みまで時間はあるし、心の準備をしなければ。

「好きだよ、レーネちゃん」

一年前とは全く違う、幸せそうなユリウスの笑顔につられて笑みがこぼれる。

——そしてユリウスの言葉はきっと現実になってしまうという予感も、この胸の中にあった。

書き下ろし番外編

いちゃいちゃの練習①

とある平和な休日、私はユリウスと共に自室でボードゲームをして遊んでいた。

「はい、俺の勝ち。レーネには俺の言うことをひとつ聞いてもらうね」

「その罰ゲーム制度、初耳なんですけど」

せっかく二人きりなのだし、何か恋人らしいことをしようと気合を入れたまでは良かった。

けれど恋愛初心者の私は、異世界版お家デートは何をすべきなのか分からず、今に至る。

私の精一杯の知識だと元の世界のお家デートは一緒に映画を見たり、料理をしたりとか、そんな感じだった気がする。

けれどこの世界ではどちらも当てはまらないし、困っていた。

「何のゲームをしてもユリウスが勝つから、盛り上がらないね」

「あはは、確かに。違うことでもする？」

「そうします……」

つまらない女で申し訳ないと思いながら片付けようと手を伸ばすと、同じく片付けようとしてくれたユリウスの手と触れ合ってしまう。

「わっ」

つい照れて反射で手を引っこめようとしたけれど、すぐにユリウスの手に捕まった。

「ねえ、これくらいで照れられるの、いい加減困るんだけど」

「うっ……」

ユリウスの言いたいことも分かる。私だって、恋人同士というのはもっといちゃっとするものだと思っていた。

乙女ゲームでもハッピーエンドを迎えた二人は、良い感じにいちゃいちゃしていた。抱き合うなんてざらで、キスだって付き合った直後にするのも普通だった。

それなのにこの体たらく……と自分が情けなくなる。

ユリウスは優しいから甘えていたけれど、普通なら嫌気が差してもおかしくはない。このままではまずいと思った私は、ユリウスの手を握り返した。

「私も照れるのやめたいんだけど、どうしたらいいと思う？」

「うーん……あ、そうだ」

ユリウスは少し考える様子を見せた後、眩しい笑みを浮かべた。

「じゃあ、練習しよっか」

「練習…？」

「そう。結局、こういうのって慣れだと思うんだよね。だから、頑張って練習しよう」

よく分からないけれど、愚かな私はユリウスの言う通りにしようと、深く頷く。

「本当に頑張れる？」

「うん？」

何をどう頑張るのか謎だけれど、気合だけは十分にある。

夏休み中にキスをするなんて約束までした以上、このままではまずい。

「そっか、良かった」

ユリウスに手を引かれ、テーブルセットからソファへと移動する。

そしてユリウスは本棚へ人差し指を向けると、とある桃色のカバーの本をふわふわと魔法でこちらへ手繰り寄せた。私にも見えるように開き、ぱらぱらと捲っていく。

「これは……？」

ユッテちゃんにおすすめされて買ったものの、忙しくて読めずにいたロマンス小説だ。どんなあらすじだったかなと首を傾げながら、ページを捲るユリウスの手元を見つめる。

「あの、これがどうされたのでしょう……？」

「これを実践しようと思って」

「？？？？？？」

斜め上の回答に、頭の中が「？」でいっぱいになる。

「こういう本って結局、恋人同士の話なわけでしょ？　それも女性からすれば理想の」

「確かに」

「それを真似すれば、いい練習になるんじゃないかなって」

「な、なるほど……？」

私の脳内は混乱を極めているせいか、ユリウスの言っていることが正論に聞こえてくる。

「あ、あったあった」

「…………!?」

やがてユリウスが手を止めたのは、美男美女がソファの上で抱き合うようにして座っている挿絵のページだった。

なんだか思ったよりアダルトな雰囲気で、ごくりと息を呑む。

そういえば、貴族令嬢向けのロマンス小説と平民の女の子向けでは全く中身が違い、後者の方は結構な大人なシーンがあるとユッテちゃんが言っていた記憶がある。

貴族の子たちは親の目を盗み、こっそり平民向けのものを入手して読むんだとか。

そしてユリウスは私に向かって、両手を広げた。

「おいで」

ちょっと待ってほしい。いきなり難易度が高すぎる。

それでもユリウスに待ってくれる様子はなく、冷や汗だけが流れていく。

「いやあの、これはちょっと心の準備が……」

「本当に頑張る気ある？　レーネが頑張るっていうから、俺も協力してるのに」

「うっ……」

この世界に来るまで異性どころか同性との関わりすら最低限レベルだったのに、恋人にランクアップした超絶美形といちゃつくというのは厳しいものがある。

けれど、いい加減私に嫌気が差し始めたのか、ユリウスの態度は少し素っ気ないもので。焦燥感に駆られた私は、ユリウスの膝の上に乗り、抱きつく。

するとと顔の見えないユリウスは、あやすように私の背中をぽんぽんと叩いた。

「よくできました」

「……怒ってない？」

「まさか。いつも甘やかしてるし、少しは厳しくした方がレーネも頑張れるかなと思ったんだ」

ユリウスは「ごめんね」と言うと、今度は私の頭を撫でた。

「良かった、流石に愚かな私に呆れたのかと」

「俺がこれくらいでレーネをそんな風に思うわけがないから。でも、ある意味成功はしたのかな」

確かに必死なあまり、無事にミッションはクリアすることができた。恥ずかしいけれど顔は見えていないこともあり、なんとか会話はできている。

先程の手が触れ合ったくらいで騒いでいたのに比べると、大成長だろう。

「それなら、もう……」

「じゃあ次ね」

これで終わりかと思いきや、ユリウスは再びページを捲っていく。まだ実践する気らしい。

ロマンス小説というのはやはり序盤からラストに向けて、苦難やトラブルを乗り越えた二人の距離が縮まっていくもので。

つまり挿絵も、それに伴って過激になっていくのではないだろうか。

そうしているうちに、ユリウスは次の挿絵を発見してしまった。

そこには主人公の男性が、ヒロインの頬にキスをするイラストがあって、目眩がしてくる。

「待った、待ってください」

「レーネは何もしなくていいから」

ユリウスは誰よりも綺麗に笑うと、私の右手を取り、手の甲に唇を落とした。

「さ、挿絵と違うのでは」

「いきなり頬が良かった？　少しずつ慣らそうと思ったのに」

どちらにしても、私が戸惑い照れて動揺することに変わりはない。けれど、慣らしていく方が回数は多くなるし、と頭の中がぐるぐるしてくる。

「……っ」

今度は手のひらにキスをされ、心拍数が上がっていく。

何度か頬に感じたことのある、温かな感触。自分の唇には何度も触れたことがあるのに、こんなに柔らかいものだっただろうかと驚いてしまう。

ユリウスがキスをした部分から、全身に熱が広がっていく。心臓がうるさくて、今すぐ逃げ出したくなる気持ちを抑えつけるように唇をぐっと噛む。

指先すら動かせずにいると、ユリウスは煽るようなまなざしを向けてくる。

「かわいい。これだけでもう真っ赤になってる」

「お願いだからもう何も言わないでください」

「どうしようかな」

楽しげなユリウスは私の手を離し、今度は私の左頬に触れた。

そして私の顔を引き寄せ、今度は右頬に自身の唇を押し当てる。

「も、もう無理！　死ぬ！」

「俺がレーネを殺すわけないじゃん」

実際に命が失われるわけではないけれど、本当に本当にもう限界の限界だった。

くらくらと目眩がして、叫び出したくなる。

「心臓が破裂して口から出てきそう」

「本当にそれで死んだら、後を追ってあげるから」

「もうやだ全部怖い」

男女交際というのが、こんなにも難しいものだとは思っていなかった。

前世、その辺でいちゃいちゃいちゃいちゃしているカップルを見ては「ちっ」という気持ちになっていたけれど、今は彼らを心の底から尊敬している。

彼らは私が逆立ちしてもできないことをいとも簡単に、かつ自然にやってのけていたのだ。

「むしろこれだけで我慢してる俺に優しくしてほしいな」

最後に反対側の頬にもキスをされ、キャパオーバーになった私はもはや、灰と化していた。

「少しは慣れた？」

「た、多分……」

もう慣れる慣れないの問題ではないけれど、ショック療法のお蔭で間違いなく手が触れたくらいで動揺することはなさそうだ。

「ありがとうございま——わっ」

そっとユリウスの膝の上から逃げ出そうとしたところ、ぐっと手首を掴まれ、それは叶わない。

「もう一枚、挿絵が残ってるよ」

もはや怖くて確認できない、したくない。けれど深呼吸をして、薄目でちらっと確認した私の口からは「へ」という大きな戸惑いの声が漏れた。

「いやいやいや、これもうキスしてない？」

「違うよ、よく見て」

「えっ？」

そう言われて近くでじっくり見ると、キスの一秒前くらいの距離で主人公とヒロインが見つめ合っているシーンだった。こんなの、最早くっついているようなものだ。

「近づくだけだから、ね？」

「うっ……」

これが最後だし、やはり何事も順序を踏むのは大事だと自身に言い聞かせて頷く。

するとユリウスは「簡単すぎて心配になるな」と呟いた。

「俺以外の言うことは聞いちゃだめだよ」

「？　わかっ——」

返事をし終える前に、ぐっと腰を引き寄せられ、一気に距離が縮まる。

近すぎて、もう顔なんてほとんど見えない。

見えるのは、透き通るアイスブルーの美しい瞳だけ。これほどの至近距離でじっくり見るのは初めてだったけれど、吸い込まれてしまいそうなほど綺麗で、澄んでいた。

「ま、まだ？」

「まだ」

言葉を発するたびに、吐息がかかる。すり、と鼻先が触れ合う。

絶えきれなくなって逃げようとすると、余計に抱き寄せられてしまう。

「も、もういいよ！」

「だーめ」

全く解放してくれる気配がなく、抵抗する私を見て、余裕たっぷりのユリウスは口角を上げる。

このギリギリの距離感が落ち着かず、これならもう目を閉じてキスしてしまった方が――と思ってしまった瞬間、ぱっと解放された。

「…………？」

私から離れたユリウスは口元を手で覆っており、何も言わないまま。

どうしたんだろうと不思議に思いながらも、深呼吸をして思いきり酸素を吸い込む。

あんなに近くては、呼吸すらしづらかった。

「ユリウス？　大丈夫？」

黙ったままなのを不安に思って声をかけると、ユリウスは顔を上げた。

「レーネちゃんが俺を意識して余裕がなくなってる姿、かわいかったなって思い出してた」

意地の悪い笑みを浮かべる姿に、顔が熱くなる。

「も、もう！　本当に本当に限界だったんだからね！　寝る！」

「あはは、ごめんね」

一週間分のＨＰを使い果たした私は、ユリウスをぐいぐいと部屋の外へ押し出す。

「夕食の時間になったら起こしにくるね」

追い出している側とはいえ、あっさりと部屋を出ていこうとするユリウスに違和感を覚える。

いつものユリウスなら「俺もここで寝ようかな」なんて言って、この場にいようとするのに。

何か用事でもあるのかな、と思いながら廊下まで見送る。

「おやすみ、レーネちゃん。かわいかったよ」

とどめの言葉に心臓が大きく跳ねた私を見て、ユリウスは満足げに部屋を出ていく。

最後まで油断も隙もなく、ドアを閉めた私はそのままベッドに倒れ込んだ。

「……もう、ユリウスばっかり余裕があって悔しい」

私ばかり意識して、大人の態度のユリウスが動揺するような姿を見てみたくなる。けれど、今の雑魚すぎる私が攻撃を仕掛けたところで、あっさりやり返されてしまうのは目に見えていた。

——先程のことを思い出し、手足をじたばたさせて苦しみながら、いつか絶対にユリウスの余裕をなくしてやるぞと固く誓ったのだった。

「……どちらかというと、俺の方が限界だったたな」
部屋を出た後、ユリウスがそんな呟きをしていたなんて、その時の私は知る由もない。

あとがき

こんにちは、琴子です。

この度は『バッドエンド目前のヒロインに転生した私、今世では恋愛するつもりがチートな兄が離してくれません⁉』五巻をお手に取ってくださり、誠にありがとうございます。

五巻ではレーネの弟である新キャラのルカーシュが登場し、色々なトラブルが起こりました。

そんな中で、これまでレーネが積み重ねてきたものを確認するような、集大成感のあるお話になった気がしています。

誰もルカの嘘を信じず、誰もが無条件でレーネを信じられるのは、レーネがいつも周りの人に対して誠実であったからこそだと思います。

レーネを見ていると、私も清く正しく生きよう……と背筋が伸びます。（戒め）

話はちょっと変わりますが、私はとにかく「弟」という属性が大好きで大変萌えます。

しかしながら、これまで二十作品以上のお話を書いてきましたが、しっかり「弟」キャラを書いたことがなかったので、今回はそれはもう楽しかったです。

くまのみ先生による、ルカのキャラデザも天才すぎました。少し治安の悪いピアスたくさんのピンク髪美少年って、罪深すぎないですか？　好きしかないです。ありがとうございます。

最初は間違えてしまったルカですが、反省をしてこれからはお姉ちゃん大好きっ子として登場していくので、どうぞよろしくお願いします。


五巻ではようやく、両片思いだったレーネとユリウスが恋人同士になりました。レーネの告白シーンはすっごく大切に書いた大好きなシーンです。

何よりくまのみ先生の口絵、素晴らしすぎて泣きました。神です。幸せそうな二人、そしてユリウスの表情にめちゃくちゃぐっときました……。絶対このシーンのグッズ作ってもらうんだ……。

私は溺愛しか書かないということに定評のある者なのですが、ここからは本領発揮ということで張り切って書いていきたいと思います。今後の恋愛パートになにとぞご期待ください。


今回も神イラストをたくさん描いてくださったくまのみ先生、本当にありがとうございます。私はとにかくくまのみ先生のことが大好きすぎるのですが、そろそろ気色が悪いと思うので必死に溢れる気持ちを抑えて暮らしています。好きです。


また、皆さま、五巻と同時発売のキャラ香水はお迎えしてくださったでしょうか？

なんとユリウスと吉田の香りをイメージした、めちゃくちゃ可愛い香水がグッズ化しております。

香水ビンやパッケージもたくさんこだわらせていただいたのですが、とにかくイラストが素晴らしいです。やはり美形はシンプルなシャツ姿が一番輝くなと改めて実感しました。

二人とも完全オフモードで、色気がとんでもないユリウスと、メガネを外した吉田、こんなのもう完全に彼女視点です。ありがとうございます。

とっても素晴らしいクオリティの高い貴重なアイテムなので、ぜひＴＯブックスオンラインストアでご購入いただけると幸いです。本当に本当に可愛いです。

担当さん、いつもたくさんありがとうございます。これからもめちゃくちゃ頑張ります。

また、本作の制作・販売に携わってくださった全ての方々にも、感謝申し上げます。

七星郁斗先生によるコミックス三巻も今月発売しています。私自身も大好きな体育祭編です。ちょうど五巻の体育祭から一年前の世界線だと思うと、とても感慨深いです。

すっごく楽しくて切なくてエモくて素晴らしい一冊にしてくださっていますし、描き下ろしのショタユリウスとアーノルドのお話も最高に尊いので、書籍とセットでぜひ！

そしてそしてそして！　皆さま、帯は見ましたか？　なんとドラマＣＤ企画も進行中です！

レーネが、ユリウスが、吉田が、王子……は少しですが、大ボリュームの内容を豪華声優の皆さまに演じていただき、みんなが喋ります！　めちゃくちゃすごいことですね……。

私自身、楽しみすぎて今からドキドキしております。

私がドラマCD用に書き下ろした特別ストーリーなどもあるので、どうぞお楽しみに！

皆様のおかげでこんなにもチート兄は大きくなりましたが、まだまだ成長していきたいです。

これから先も応援していただけると幸いです。

いつも本当に本当にありがとうございます！

それではまた、六巻でお会いできることを祈って。

琴子

コミカライズ

第四話

漫画：七星郁斗
原作：琴子

第4話

ドンッ

どうしてお兄様はあんたばかり構うのよ

あんたさえいなければ

今すぐお兄様は私のものになるのに

ジェニーのもの…？
そこまでふたりの邪魔した覚えないんですけど…
あんたがお兄様に指導してもらうなんて烏滸がましいのよ
……
私がいてもいなくてもユリウスのジェニーに対しての態度は
変わらない気がするけど…
さっさと退学にでもなって消えてくれない？
どうせFランクから上がるなんて無理なんだし
…の…
？

人のせいにするのやめてくれない？
カッ
なっ
ばちんっ
……
ッ
フラッ
なっ何よ…

い…
ったいわね!!
何すんのよ
これで
おあいこでしょ
この
きゅっ

ポゥ…
──あれ？
痛くない…？
──絶対に
あんたのこと許さないから
……
文句なら本人(ユリウス)に直接言えばいいのに
八つ当たりにもほどが…
ん？
えっ
あれ!?

さっき切れた傷が
なくなってる!?
もしかして
あの時魔法で…?
流石のジェニーも叩いたことを後悔してるのかも
かわいいとこあるじゃん
私もちゃんと謝らなくちゃ
チュン
チュン
くあっ
おはよう

ん おはよ
早いね
もう行くの？
まあね
今日から
よろしく
お願いします
…うん
どういうこと？
さあ？
お前には
がんばって
もらわないと
いけなくなったし
相変わらず
わけわかんない
でも

ちゃんと指導
してくれるみたいで
安心した
……
私も
朝ごはん
食べて
早く学園に
行こう！
ガチャ…
おはようございま…

す

しん…

——あれ？

なんだか空気が
重いような…

へらっ

あの

レーネ

昨晩
ジェニーの頬を
叩いたらしいな

ハッ

や…

!?

やられたっ!!

なんという罠っ!!

……っ

ぐっ

でもジェニーが先に叩いてきたんです

むしろ感心しちゃう

むしゃ…
まさかあの
一瞬でここまで
考えてたなんて…
策士すぎる
そして誰か
彼女に言ってやって
ほしい
そもそも治癒魔法が
使えるのなら
さっさと自分で治せ
と
キーンコーン
カーンコーン
じゃあ
今日の実践練習は
ふたり一組でするから
皆さんペアを
組んでくださーい
!?

嘘でしょ先生!?
今朝の災難に続き
さっきはセオドア王子にも無視されたところだっていうのに（いつものこと）
おはようござ…
スルー
今度はぼっちへの死刑宣告ですか!?
ポッツーン
こうなったら先生とペアで個別指導かな…
こうう
ねぇ

私と組まない？
シャラララ
ズキューン
め…
女神様!?
ありがとう
ございます!!
レーネ・ウェインライトです
私は
テレーゼ・リドルよ
ただでさえ完璧な
人だっていうのに
ぼっちを助けてくれる
優しさまで
持ち合わせてる
なんて…!!
でも
どうして
私に声を？

あなたが変わろうとしていたから
ただそれだけよ
……嬉しい

テレーゼさんは
私の変化に気付いて
くれてたんだ

今回
皆さんには
魔法攻撃の
練習をして
もらいます

ルールは簡単
あそこにある
的に

魔法を
当てるだけ

魔法の威力や
正確さによって
採点がされるので

各自それぞれの
得意魔法で
挑んでみて
ください

私にもついに
魔法を使う時が……！

ねぇ
レーネさん

はいっ
早速始めようと思うんだけど
あなたやり方はわかる？
大丈夫よ
じゃあ一度私がやってみせるわね
そうだ私まだ魔法の出し方すら知らないんだ
すみません全然わからなくて
はい！お願いします
スッ…
…わ
テレーゼさんの掌に
魔力が一気に集中して…
パキキ…
パキッ

ドガァッ
ビキ
ビキ…
ピピピピ

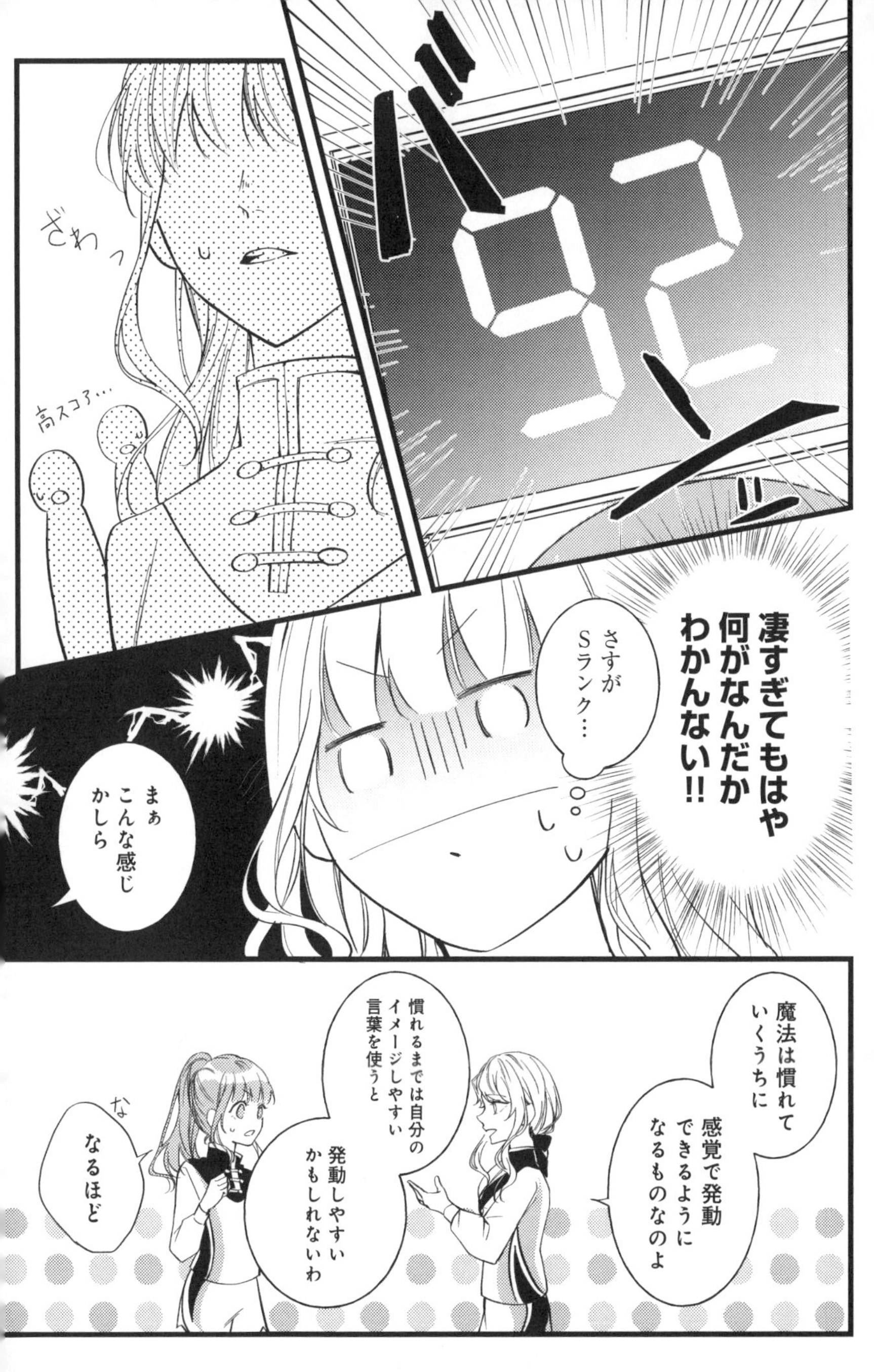
バーンッ
ざわっ
高スコア…
凄すぎてもはや何がなんだかわかんない!!
さすがSランク…
まぁこんな感じかしら
魔法は慣れていくうちに感覚で発動できるようになるものなのよ
慣れるまでは自分のイメージしやすい言葉を使うと発動しやすいかもしれないわ
な
なるほど

1番発動しやすいのは火魔法だから
まずは火魔法を使ってみて
ハイっ！
がんばりますっ
イメージしやすい言葉というと…
……
イ゛ッ…
ファイヤーボール
パッ
パチッ

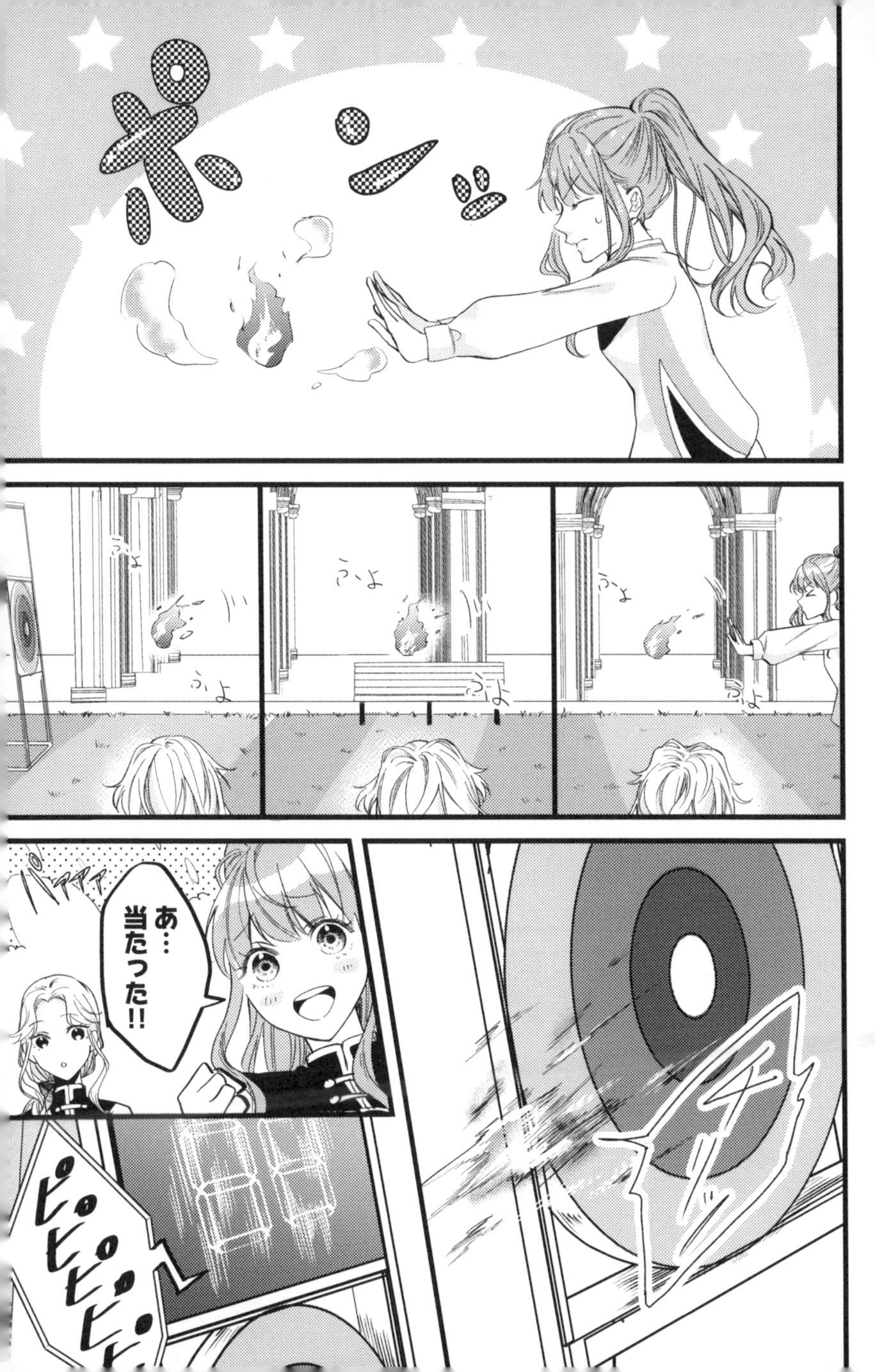

ポンッ

ふよ
ふよ

ふよ
ふよ

ふよ
ふよ

パァァァ

あ…
当たった!!

ピピピピピ

どんっ
03
ぷっ
キャ
あははは
ははは
マジかよ
あいつ!
スコア3って!!
さすが
Fランクね
テレーゼさん
まで!?
ププッ
ごめんなさい
あなたは真剣
なのに失礼よね
これから
がんばりましょうか
ハイ…

んー難しい……

でもなんとか6点まで上がったじゃない！

かなりの進歩よ

明後日も実践練習はあるから

がんばりましょう

はい よろしくお願いします

クールビューティーな見た目とは裏腹に

笑いのツボが浅いらしい

よければ一緒に昼食を食べない？

私が一緒なら文句を言われることもないわ

あんなに笑ってしまったお詫びとして

ご馳走させて

……

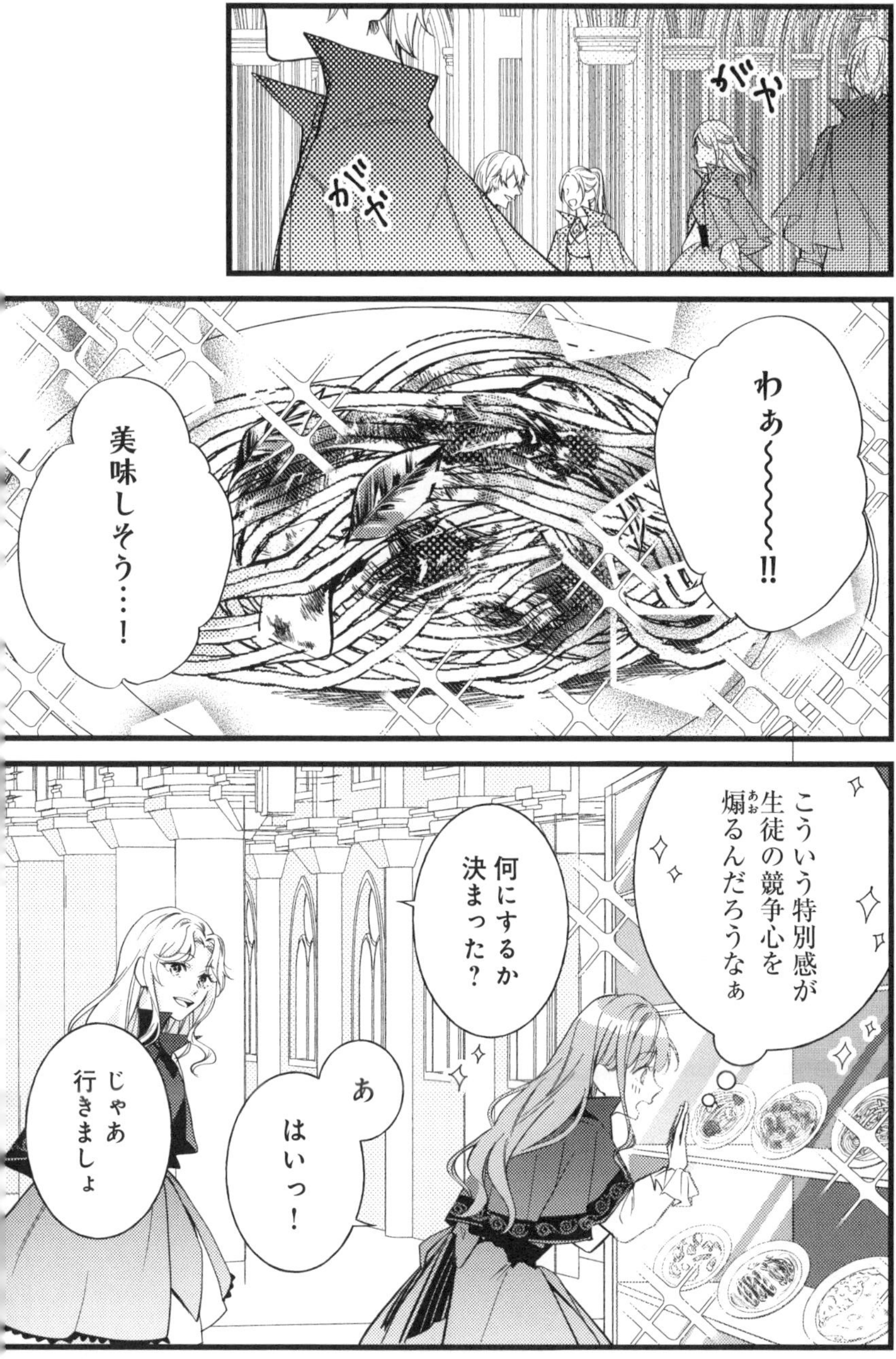

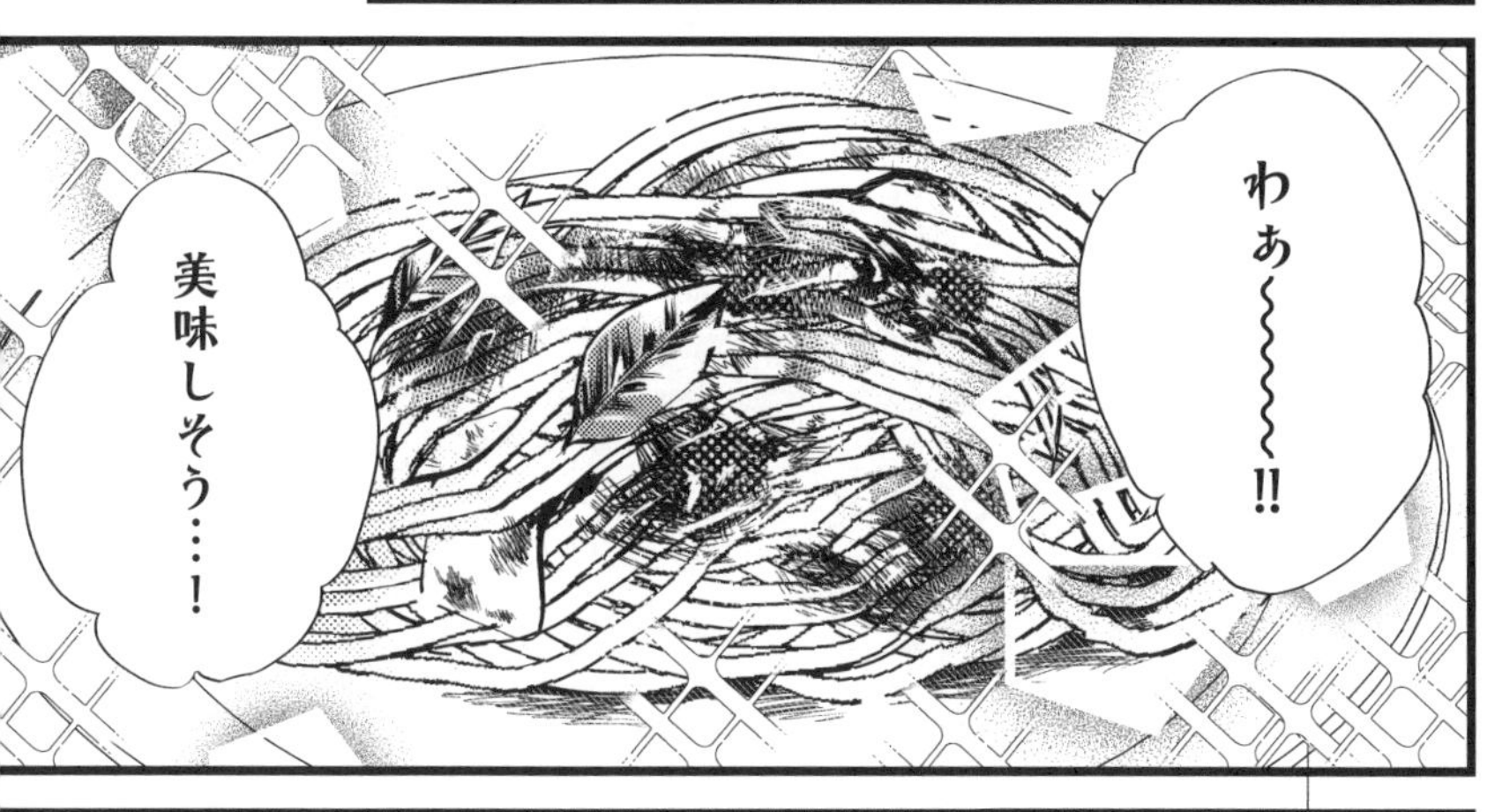

こういう特別感が
生徒の競争心を
煽るんだろうなぁ

何にするか
決まった？

あ
はいっ！

じゃあ
行きましょ

ヒソ
ヒソ
そして
じろ
じろ
めちゃくちゃ注目浴びてる〜〜〜
じろ
そりゃそうだよね こんな高ランクの中にFランクの人がいたら…
店員さん
ご注文をお伺いいたします
あれ
ここレストラン？

やっぱり
レーネだ
こんにちは
レーネちゃん
アーノルドさん
こんにちは
名前覚えてて
くれたんだ
嬉しいな
相変わらず
アイドルユニット
みたいなご尊顔…！
まぶしいっ
あ
紹介遅れました
こちらは兄です
知ってるわ
有名だもの
俺もリドル家の
お姫様のことは
もちろん知ってるよ
可愛い妹を
よろしくね
ええ

それじゃあ
今日のところは邪魔しちゃ悪いし
別で食べるけど
今度は一緒に食べようね
ポンッ
…あれ
てっきりいつもの悪絡みをされると思ったのに…
これも
テレーゼさんの力だったりするのかな…
私ね

昔は
出来のいい兄と
比べられるのが
つらくて
塞ぎ込みがち
だったのよ
テレーゼさんが
ですか？
ええ
そうよ
けれど
変わるきっかけを
くれた人が
いたから
今の私があるの
だから
あなたのことも応援
したくなって…

そうだったんですね…
ありがとうございます
あなた
なんだかおもしろいもの
もちろん魔法のことじゃなくて
ふふ
その魔法もあれなんだけど
もし私が男だったなら
間違いなくテレーゼさんを好きになってたろうな
可愛い

私 がんばって
Fランク脱出
しますから！

えっ

いいんですか!?

がんばってね

よかったら
私にも手伝わせて

ええ だから
私のことは
気軽にテレーゼ
と呼んでちょうだい

こちらこそ
テレーゼ
この世界で
初めての友人が
できたのだった
こうして私にとって

いざみんなで
隣国へ！
最高の夏休みが
始まる！
ユリウスとの
関係にも
進展が!?
バッドエンド目前のヒロインに転生した私、
今世では恋愛するつもりがチートな兄が離してくれません!?
BAD END Mokuzen no HEROINE ni Tensei shita Watashi, Konse dewa RENAI suru tsumori ga CHEAT na Ani ga Hanashite Kuremasen!?
著 琴子
ill. くまのみ鮭
6